对你所耳闻的一概不信，

对你所目睹的也只信一半。

欺骗是一门
精密的科学

DIDDLING CONSIDERED AS ONE OF THE EXACT SCIENCES

THE COMPLETE TALES OF EDGAR ALLAN POE

[美国] 埃德加·爱伦·坡 著

曹明伦 译

译林出版社

图书在版编目（CIP）数据

欺骗是一门精密的科学 / (美) 埃德加·爱伦·坡 (Edgar Allan Poe) 著 ; 曹明伦译. -- 南京 : 译林出版社, 2025. 5. -- (爱伦·坡小说全集). -- ISBN 978-7-5753-0495-5

Ⅰ. I712.45

中国国家版本馆 CIP 数据核字第 2025B3F330 号

欺骗是一门精密的科学　[美国] 埃德加·爱伦·坡 / 著　曹明伦 / 译

责任编辑　张紫毫
装帧设计　好谢翔
校　　对　施雨嘉
责任印制　颜　亮

出版发行　译林出版社
地　　址　南京市湖南路 1 号 A 楼
邮　　箱　yilin@yilin.com
网　　址　www.yilin.com
市场热线　025-86633278
排　　版　南京新华丰制版有限公司
印　　刷　苏州市越洋印刷有限公司
开　　本　850 毫米 ×1168 毫米 1/32
印　　张　7.75
插　　页　2
版　　次　2025 年 5 月第 1 版
印　　次　2025 年 5 月第 1 次印刷
书　　号　ISBN 978-7-5753-0495-5
定　　价　32.80 元

目　　录

欺骗是一门精密的科学

嘿，骗人，骗人，

那猫和那把提琴。

自开天辟地以来，这世上已有两个杰里米。一个写了《为高利贷辩护》这部伤心史，他的大名叫杰里米·边沁。他被约翰·尼尔[1]先生崇拜得五体投地，因而他是个小小的伟人。另一个杰里米[2]则为一门最精密的科学命名，因而他是个大伟人。请允许我说，事实上是个大大的伟人。

欺骗，或者说由动词欺骗所表达的那个抽象概念，可谓浅显易懂。但欺骗之事实、欺骗之行为乃至欺骗为何物，却多少有几分难下定义。不过，凭着下“人

1 约翰·尼尔（John Neal，1793—1876），美国作家，1824年至1832年访英期间曾与英国哲学家边沁（Jeremy Bentham，1748—1832）交往，成为其朋友。

2 指英国戏剧家肯尼（James Kenney，1780—1849）著名滑稽剧《筹款》（*Raising the Wind*，1803）中的主人公杰里米·迪德勒（Jeremy Diddler）。Diddler在英文中的意思是欺骗，这篇小说篇名中的“欺骗”之英文原文即Diddler。

是一种会欺骗的动物”这一定义（不是为欺骗本身下定义），我们对上述问题或许能得到一个还算得上是清晰的概念。若是柏拉图当年想到了这个定义，那他就不会受辱于那只被拔光了毛的鸡。

有人曾恰如其分地质问过柏拉图，根据他下的那个定义，被拔了毛的鸡显然也是“没有羽毛的两足动物”，可为什么却不是他定义的人呢？但我不会被类似的质问问倒。人是一种会欺骗的动物。除人之外没有任何动物会欺骗。要推翻我这个定义得需要一整窝拔光了毛的鸡。

构成欺骗之实质、风味和原理的那些东西事实上正是这类穿衣服的动物所独有的特性。乌鸦会偷窃，狐狸会哄瞒，黄鼠狼会蒙混，人会欺骗。欺骗乃人所命中注定。诗人说“人生而悲之”。但事实上是人生而骗之。此乃人之目的，人之目标，人之终极。因此当有人骗到了头，我们就说他“完事大吉”。

经过深思熟虑的欺骗是一种混合物，其成分为细小精微、自私自利、不屈不挠、足智多谋、胆大包天、从容不迫、别出心裁、傲慢无礼和喜欢窃笑。

细小精微——你们遇到的骗子通常谨小精微。他的交易规模很小。他的生意是零售，或者说是一手交钱一手交货的买卖。倘若他一旦受诱惑要扩大经营，那他马上就会失去自己的特征，从而成为我们所谓的“金融家”。而金融家这个字眼虽说在各方面都体现了欺骗之概念,但唯有在“大”这个方面属于例外。因此，一个骗子可以被视为一个小小的金融家，而一次“金融交易”则可被看作是大人国里的一次欺骗。由此及彼，就像从荷马到“弗拉库斯”[1]，从乳齿象到小老鼠，从彗星的尾巴到猪尾巴。

自私自利——你们遇到的骗子总受自私自利的引导。他蔑视为了欺骗而进行欺骗。他眼睛总盯着一个目标，他的口袋和你们的口袋。他始终注视着赚钱的机会。他总把自己的利益放在首位。你们是第二位，你们得当心自己。

不屈不挠——你们遇到的骗子总是不屈不挠。他不会轻易地灰心丧气。即便银行都破产他也会满不在乎。他坚定地追求自己的目标，而且“像一条无法从油腻腻的肉皮前赶走的狗”[2]，绝不会放弃他的事业。

足智多谋——你们遇到的骗子通常足智多谋。他

---

1 “弗拉库斯”是美国作家托马斯·沃德（Thomas Ward，1807—1873）的笔名。爱伦·坡曾以《我们的业余诗人》为题撰文批评他的诗集《帕赛伊克》（*Passaic*，1842）。该文开篇曰：“如今弗拉库斯这个姓氏所代表的诗人无论如何也不是古罗马那个贺拉斯，甚至不是其英灵，而仅仅是沃德先生。”

2 语出贺拉斯《讽刺诗集》（*Satires*）卷 2 第 5 章第 83 行。

胸存鸿猷。他精通计谋韬略。他会捏造谎言并诱人上当。他若不是亚历山大也该是第欧根尼。假如他不是一个骗子，那他会是一名造捕鼠器的专家，或是钓鳟鱼的一把好手。

胆大包天——你们遇到的骗子总是胆大包天。他是个勇士。他把战火烧到非洲。他凭进攻征服一切。他不会害怕弗雷·赫伦之流的匕首。要是多几分小心谨慎，迪克·特平或许会成为一名优秀的骗子。要是少两句甜言蜜语，丹尼尔·奥康奈尔大概也可以归入此列。要是脑子再增加一磅或两磅，查理十二说不定也能获此殊荣。[1]

从容不迫——你们遇到的骗子总是从容不迫。他完全不会神经紧张。他绝不会有任何神经。他从来不会被弄得惊慌失措。他从来不会被弄得面子扫地，除非把他的面子扫地出门。他会很冷静，冷静得像一条冰黄瓜。他会很恬然，“恬然得像伯里夫人的微笑”。他会很熨帖，熨帖得就像一只戴旧的手套，或像古代那不勒斯湾海边比亚村的少女。

1 “弗雷·赫伦之流”指早期美国西部的亡命之徒。迪克·特平（Dick Turpin，1706—1739）是英国大盗。丹尼尔·奥康奈尔（Daniel O'Connell，1775—1847）是爱尔兰爱国者，当时自称废奴主义者，故不受大多数美国人待见。查理十二指瑞典国王查理十二世（Charles XII of Sweden，在位期 1697—1718），曾不计后果地东征西战。

别出心裁——你们遇到的骗子总是别出心裁，凭心而论的确如此。他的想法就是他自己的想法。他从来就鄙视剽窃人家的思想。陈腐的惯用伎俩是他深恶痛绝的东西。我敢肯定，如果他发现自己骗得一笔钱财靠的是一种非独创的方法，那他会将其物归原主。

傲慢无礼——你们遇到的骗子通常傲慢无礼。他高视阔步。他两手叉腰。他爱把双手揣进裤兜。他当面把你嘲笑。他伤害你的感情。他吃你的饭，喝你的酒，借你的钱，扯你的鼻子，踢你的小狗，还吻你的妻子。

喜欢窃笑——你们遇到的真正的骗子干完每一件事都会发笑。不过这种笑除了他自己没人能看见。完成了一天的日常工作他要发笑。干完了他自己的分内活儿他要发笑。夜里在他的密室他要发笑。总而言之，他为他自己私下的欢乐而笑。他回到家要笑。他锁上门要笑。他脱下衣服要笑。他吹灭蜡烛要笑。他上了床要笑。他躺下身子要笑。你们所谓的骗子干完这一切都要发笑。这并非假设，而是理所当然的事情。我推究这笑来自先验，而没有这一笑，那欺骗也就不成其为欺骗。

欺骗之起源可以追溯到人类的摇篮时期。说不定第一个骗子就是亚当。不管怎么说，这门科学都可以追溯到一个非常古老而遥远的年代。然而现代人已经使其达到了我们愚笨的祖先做梦也想不到的完美地步。所以我无须停下来说几句“古老的格言”，我将满足于简要叙述若干更“现代的事例”。

一次精彩的欺骗是这样的。比如，一位想买沙发的家庭主妇已经进进出出了好几个家具商店。最后她来到了一个出售各种好沙发的货栈门外。门口一位彬彬有礼且十分健谈的人向她打招呼并邀请她入内。她发现了一张她中意的沙发，一问价格，惊喜地听到了一个比她预期的价格至少低五分之一的售价。她毫不犹豫地将其买下，付过了钞票，接过了收据，留下了地址，提出了送货要尽可能快的要求，然后她千恩万谢地告别了那位货栈老板。夜晚降临但沙发未临。第二天过去可沙发还没有影子。一名仆人被派去询问耽搁的原因。那笔交易被矢口否认。没人卖过沙发，没人收过钱，除了那个暂时冒充过老板的骗子。

我们的家具店通常没人照料，因此为这一类欺骗提供了良机。顾客从进店、看货到离去都没人理睬，没人注意。若是有人想买货或是问价，旁边有个铃铛可摇，而这就被认为足够了。

再举一例，这是一次相当体面的欺骗。一个衣冠楚楚的人进了一家商店，买了价值 1 美元的东西，随之尴尬地发现他把钱包忘在了另一件衣服的口袋里。

于是他对商店老板说：

“亲爱的先生，请别介意！请把东西送到我家去好吗？但等一等！我确信即便在我家也没有5美元以下的小钞。不过，你知道，你可以随货附上4美元找补的零钱。”

“好吧，先生。”商店老板回答，心中立刻对这位顾客的高尚品格做出了高尚的评价。他暗暗对自己说，我知道有些家伙会把东西夹在腋下就走，丢下一句话说下午路过时再把钱补来。

一名伙计被派去送这件附有零钱的货物。他在路上非常偶然地被买货那位先生碰到，那位先生大声说：

“啊！这是我买的东西，原来如此，我还以为你早已把它送到家了。好啦，去吧！我妻子特罗特夫人会付给你5美元，我刚才已经叮嘱过她这事。你最好先把找补的零钱给我，我正需要些银角子好上邮局。很好！1美元，2美元，这银币不会假吧？3美元，4美元，分文不差！告诉特罗特夫人你碰到了我，现在你得当心，别在街上闲逛。”

那名小伙计压根儿没在街上闲逛，可他那趟差事却花了很长时间，因为他根本就找不到叫什么特罗特夫人的女士。不过他聊以自慰的是，他还没有蠢到没收到钱就留下货物的地步。于是他带着一副自鸣得意的神情回到商店，当老板问他零钱上哪儿去了，他觉得感情受到了伤害并满腔愤怒。

一次很简单的欺骗是这样的。一艘正准备起航的货船船长接见了一名官员模样的人，那人递给他一份异常公道的税单。喜于这么容易就脱身上路，加之起航前百事缠身搅得他昏头昏脑，他立即付清了那笔款项。大约 15 分钟之后，另一份不那么公道的税单送到了他手上，送单人很快就证明前一个收税员是个骗子，前一次收款是一次欺骗。

这儿还有一个与此有几分相似的例子。一艘汽船正要解缆离港。一名旅客手提旅行包正朝码头冲过来。他突然停住，垂首弯腰，以一种非常不安的动作从地上拾起一件东西。那是一个钱包，于是他高声叫喊道："哪位先生掉了钱包？"没人能说他正好丢了钱包，但当那旅客上船发现钱包里的钱数额巨大之后，引起了一场很大的轰动。然而，汽船不可因此而滞留港口。

"时间不等人。"船长说。

"看在上帝的分上，等几分钟吧，"拾包人求道，"失主可能马上就会出现。"

"不能等！"船长说，"解缆开船，你们听到了吗？"

"那我怎么办？"拾包人非常为难地问，"我要离开这个国家好些年头，而我不可能心安理得地把这么多钱据为己有。”

他又向岸上一位先生喊道:“对不起，先生，我一看就知道你是个老实人。你能帮我保管一下这钱包，并为它登一则招领广告吗?我知道我可以信任你。这些钞票，你看，数目相当可观。失主肯定会坚持酬谢你这番辛劳。”

“我！不，酬谢的应该是你！是你拾到了钱包。”

“好吧，如果你非得要这样，那我就先取一笔小小的酬金，这仅仅是为了消除你的顾虑。我看看，全是百元大钞。天哪！我拿 100 美元太多了一点，50 美元就足够了，我相信……”

“解缆开船！”船长喊道。

“可我换不开 100 美元，总的说来，你最好……”

“开船！”船长下令。

“不用担心！”岸上那位先生大声说，在最后一刻查看了自己的钱包，“不用担心！我有办法，这儿有一张北美银行的 50 美元钞票。把那钱包扔给我吧。”

那位过分正直的拾包人显然极其勉强地接过了 50 美元，然后按那位先生的要求把钱包扔给了他，此时汽船嗞嗞地冒着烟离港起航。大约在汽船开走半小时后，那“一大笔钱”被发现全是假钞，而整个事件是一次精彩的欺骗。

一次大胆的欺骗是这样的。一次野营布道会或者类似的聚会将在某地举行，而到达那个地点必须过一座自由通行的桥。这时一个行骗者出现在桥头，体面地向每一位过桥人宣布，根据县议会一项新的法规，步行过桥者每人得交纳过桥费一美分，骡马每匹交纳两美分，等等。有人会抱怨，但所有人都会服从，行骗者回家时已成为一名拥有五六十美元的富翁。不过，向那么多人一分两分地收取过桥费是一件非常麻烦的事。

一次干净利落的欺骗是这样的。一位朋友持有行骗者的一份欠款字据，字据按照正规格式填写并签名，用的是那种红油墨印刷的普通空白票据。于是行骗者买回一打或两打这样的票据，每天取出一张蘸上肉汤让他的狗纵身扑食，最后终于使他的狗觉得那是一种美味食品。字据到期的那一天，这个骗子带着他的狗一块儿上那位朋友家去，那份欠款字据是他们谈论的主题。朋友从书桌里取出字据正要递给骗子，这时那条狗纵身一扑，把那份字据吞到了肚里。那个骗子不仅为那条狗的荒唐行径感到惊讶，而且感到十分恼火和愤慨，他向朋友表示他随时准备偿付那笔债款，只要有证据表明他承担着这项义务。

一次非常精细的欺骗是这样的。一位女士在大街上受到一名骗子的同伙的侮辱。这时候骗子本人飞身上前相救，在给了同伙一顿舒适的痛打之后，他坚持把那位女士护送到家。他把手按在胸前向女士鞠躬，非常体面地向她告别。女士请求救命恩人进屋小憩，认识一下她的兄长和父亲。他叹了口气，谢绝了女士的请求。“那么，先生，”女士嗫嚅道，“你就不给我个机会让我表示一下感激之情吗？”

“嗯，哦，小姐，我给你个机会。你能借给我两个先令吗？”

在头一阵激动中，那位女士决定当即晕过去。但转念一想，她解开钱袋，交付了钱币。正如我刚才所说，这是一次精细的欺骗，因为整笔借款的一半得付给那个在街头侮辱妇女，然后又站着不动等着挨揍的人。

一次规模很小但仍具科学性的欺骗是这样的。行骗者走近一家酒馆的柜台，说要两支雪茄。拿到雪茄后他略为看了一下，然后说：

“我不太喜欢这种烟草。这儿，请拿回去，另外给我一杯掺水白兰地。”

掺水白兰地送上并被喝光，然后那骗子径直朝门口走去。

可酒馆老板的声音使他站住。

“我想，先生，你忘了为你那杯白兰地付账。”

“为我那杯白兰地付账！难道我没有退给你雪茄换那杯白兰地？这难道还不够吗？”

“可对不起，先生，我不记得你为那雪茄付过钱。”

“这是什么话，你这个无赖！难道我没有把雪茄退还给你？难道你的雪茄不在柜台里面？你是想要我为没买的东西付钱吗？”

“但是，先生，”这时酒馆老板已不知说什么才好，“但是，先生……”

“别老跟我说什么但是但是，”骗子怒不可遏地打断老板的话，呼的一声甩上门，扬长而去，身后丢下一句话，“别跟我说什么但是但是，休想用你们那套把戏来蒙过路人。”

这儿还有一次非常精巧的欺骗，其简洁并非它最不重要的可取之处。这次是真有人丢了钱袋或钱包，失主在一座大城市的一家日报上登了一则对失物进行了详尽描述的寻物广告。

于是我们的行骗者抄下了那则广告的实际内容，但更新了标题，改动了措词，并变换了地址。譬如，原来那则广告冗长累赘，标题是《寻找一个失落的钱包》，并要求拾得者将钱包留在汤姆街 1 号。而修改后的广告则简明扼要，标题是《寻物》，并说明拾得者可在迪克街 2 号或哈里街 3 号见到失主。更有甚者，这则广告至少同时在五六家日报上登出，而说到时间，它只比原来那则广告晚几个小时。即使这则广告被真正的失主读到，他几乎也不会怀疑这与他自己的不幸有什么联系。但是，拾得那个钱包的人更可能去骗子所指示的地址，而不大可能去真正的失主所说的那个地方，这两者的机会是五比一或者六比一。结果是后登广告者支付了一笔酬金，侵吞了那个钱包，然后溜之大吉。

这儿有一次与上例非常相似的欺骗。一位女士在大街上丢了一枚相当贵重的钻石戒指。为了找回失物，她愿付 40 或者 50 美元酬金。她在寻物启事里非常详细地描述了那颗钻石及其镶嵌物，并宣称拾得者只要把戒指送到某某大街某某号就可以立即拿到酬金，而且失主将不提任何问题。一天或者两天之后，当那位女士不在家时，某某大街某某号的门铃被摇响。一名佣人开门，得知来者求见女主人，便回答说女主人不在家。一听这惊人的消息，来访者表达了深深的遗憾。他来访之目的非常重要，而且关系到女主人本人。事实上，他非常有幸地找到了那枚钻石戒指。不过，他也许有可能再来一趟。“那可不行！”佣人说。“那可不行！”被立即唤出的女主人的妹妹和小姑子说。戒指在一阵吵嚷声中被验明正身，酬金当即给付，那个找到戒指的家伙几乎是跑着出了房门。女主人回家，对妹妹和小姑子稍稍表示了几分不满，因为她们碰巧花 40 或者 50 美元买了一个她那枚钻石戒指的仿制品，一个用真正的金色黄铜和地道的人造宝石做成的赝品。

但由于欺骗未有穷期，所以我即便只是稍稍地提一下这门科学所具有的变化形式或曲折形式中的一半，那这篇文章也不可能有结尾。可我又不得不让这篇文章有一个结尾，而我能给出的最好结尾莫过于简略地介绍一幕极其体面但又煞费苦心的骗局，这幕骗局不久前曾把我们这座城市当作舞台，其后又在这个合众国其他一些民风更纯朴的地区一再成功地上演。一名中年绅士不知从什么地方来到市区。他的举止刻板，严谨，沉着，从容。他的衣着整洁得无可挑剔，却自然大方，质朴无华。他系一条白色领带，穿一件只从舒适着眼的宽大背心，厚底鞋看上去也很舒适，裤子没有用吊带。事实上，他的整副模样活脱儿是你们见过的那种富有、严肃、庄重而体面的“实业家”，最杰出的一类，就像我们在一流喜剧中所看到的那种外表冷漠严厉但内心温柔善良的人。那种人一言既出，驷马难追。那种人用一只手行善，以一掷千金而闻名；用另一只手做生意，以诛求无厌而著称。

他费尽周折才找到一个适合于他的寄宿之处。他讨厌孩子。他喜欢清静。他的生活习惯有条不紊，所以他宁愿住进一户幽僻、体面且虔奉教规教义的小小人家。费用高低他并不在乎，只是他非要坚持在每月的第一天结账（现在已变成第二天），而当他终于找到一户合他心意的人家时，他请求女房东无论如何别忘了他对这一点的叮嘱，务必在每个月的第一天上午10点整送进账单和收据，在任何情况下都不要拖延到第二天。

这些事安排妥当，我们的实业家便在城里一个体面的地区（而不是时髦的地区）租下了一间办公室。他最瞧不起的就是虚饰浮夸。他说“大凡金玉其外，往往败絮其中”。这句话给女房东留下那么深刻的印象，以至于她马上用一支铅笔将其记在了她那本大号家庭版《圣经》中所罗门《箴言》篇之空白处。

接下来就是登广告，多少依照了这座城市的时尚，即只登每份报纸售价6美分的大报，因为那些每份报纸仅售1美分的小报不仅“有失体面”，而且有刊登任何广告都得预付费用的规矩。而我们的实业家持有这样一种信念：活儿没干完之前绝不应该付钱。

招聘：本公司拟在本市兴办广泛的经营业务，特诚聘三至四名富有才能的职员，薪俸优厚。本公司最看重的并非应聘者之工作能力，而是其诚实品格。鉴于受聘者将承担的工作责任极其重大，必须经手巨额款项，故本公司认为要求每一名受聘职员交纳50美元保证金乃妥善之举。

因而凡不拟向本公司交纳该项保证金者和不能为自己提供最具说服力的道德证明书者均无须提交申请。虔奉教规教义之青年绅士将被优先考虑。应聘申请请于上午10点至11点，下午4点至5点送交本公司。

博格斯、霍格斯、洛格斯及弗罗格斯公司

多格街110号

截至该月31日，这则广告已为博格斯、霍格斯、洛格斯及弗罗格斯公司引来了15至20名虔奉教规教义的青年绅士。但我们的实业家并不急于同其中任何一人签约（没有哪位实业家会草率行事），每一名青年绅士都得经过最严格的教规教义问答以证明其虔诚，其后他才能被正式聘用，他交纳的50美元才会有收据。这仅仅是博格斯、霍格斯、洛格斯及弗罗格斯公司所采取的适当的预防措施。在第二个月的第一天上午，女房东没有按约送去账单。毫无疑问，住在屋里的那位名字以“格斯”结尾的舒适先生一定会因她的这一疏忽而严厉地责备她，如果他能说服自己为了这一目的而在城里多待一两天的话。

实际上，警方已被这事弄得焦头烂额，他们找遍了城里所有的地方，而他们所能做的就是非常郑重地宣布那位实业家是一只“高脚鸡”。有人据此认为警方实际上要暗示的是这三个字中的三个字母 n、e、i。而这三个字母则应该被理解为那个非常经典的术语 non est inventus[1]。与此同时，那些青年绅士全都不再像先前那样虔奉教规教义，而那位女房东则花一先令买了块最好的印度橡皮，小心翼翼地擦掉了某个白痴用铅笔在她那本大号家庭版《圣经》所罗门《箴言》篇之空白处写下的那句备忘格言。

1 拉丁语法律用语：此人所在不明。

故弄玄虚

斯利德，若这就是你的“劈”和“刺”，那我可没这两招。

——内德·诺尔斯[1]

里茨内尔·冯·荣格男爵出自一个高贵的匈牙利家族，那个家族的每名成员（至少与准确的记载所能追溯的一样）都或多或少因某种值得记述的才能而著称，这些才能大多数是那种奇言怪行，而关于那种言行的概念，该家族一位名叫蒂克[2]的后裔已给出了一些生动（尽管不是最生动）范例。我与里茨内尔的相识就开始在那座宏伟的荣格府邸，18××年夏天的几个月里，一连串不宜公之于世的奇妙遭遇把我抛进了那座府邸。我在那儿获得了对他的初步印象，也正是在

1 内德·诺尔斯是本·琼森喜剧《各有所好》(Every Man in His Humour，1598）中的主人公，作为题记的这句话出自该剧第4幕第5场末尾部分。

2 暗指德国早期浪漫主义作家路德维希·蒂克（Ludwig J. Tieck，1773—1853）。

那儿，在多少费了点工夫之后，我对他的心态有了一定的了解。在后来的日子里，这种了解日益加深，因为我与他一见如故，这允许我对他进行更为接近的窥察；而当我们分别三年之后又在G大学[1]重逢之时，我完全体会到了了解里茨内尔·冯·荣格男爵的性格是非常必要的。

我还记得6月25日那天晚上他的到来在校园里所激起的那阵奇妙的嘈杂声。我更清楚地记得，当所有的人一看见他就宣布他为“世间最杰出人物”时，居然无人试图对这一评价进行任何论证。他的独一无二显得是那么无可非议，以至想要问问他那“独一无二”独在何处都被视为莽撞。不过，让我们现在别去深究此事，我只想告诉读者，从他的脚踏进学校大门那一刻起，他就开始对他身边所有人的习惯、举止、风度、钱包和嗜好产生一种最广泛、最专横，同时又最模糊不清、最莫名其妙的影响。这样，他在那所大学所待的短短时期就成了该校校史中的一个纪元，这个纪元被属于该校或该校附校的各类人描述为“形成了里茨内尔·冯·荣格一统天下的非凡时代”。

他一到G大学便来我的房间找我。他当时没有具

1 暗指德国哥廷根大学（Göttingen University），后文提及的英国诗人柯尔律治曾在该校短期求学。

体的年龄，我这样说的意思是从他本人提供的任何资料中都不可能猜出他的年龄。他也许是15岁或50岁，而实际上是21岁零7个月。他绝不是个美男子，或许是其反面。他脸庞的轮廓多少有点儿生硬和粗糙。他的额头很高而且白皙。他的鼻子扁平并微微上翘。他的眼睛很大，眼神慵倦而呆滞，且不善表情。他那张嘴更值得一提。两片嘴唇微微突出，一片搭在另一片上，其方式不可能使人联想到任何人类的面部特征，哪怕是最复杂的特征，而是那么全然、那么独一无二地传达出一个绝对庄重、绝对肃穆、绝对恬静的概念。

从我刚才的描述中可以看出，这位男爵是我们不时所发现的那些异常人中的一员，这些异常人使故弄玄虚这门科学成为他们终生研究的学问和谋生的职业。男爵的异常性格使得他本能地选择了这门科学，而他的生理相貌则使他能轻而易举地实施其计划。我深信，在那个被如此古怪地称为里茨内尔·冯·荣格一统天下的著名时代，G大学没有一个学生正确地考察过那种遮掩了他真正性格的神秘。我有理由认为，除我之外，学校里甚至没人觉得他有开玩笑的能力，不管是口头上的笑话还是行为上的恶作剧——他们宁愿去指责花园门口那位年迈的学监助理，指责赫拉克利特的灵魂，或是指责那个神学荣誉教授的头脑。当一些能够想象的最恶劣、最不容宽恕的恶作剧和荒唐事明白无误地发生在他身边时，只要不是由他赤膊上阵，或至少不是明显地由他唆使或纵容，大伙儿依然不怀疑他缺乏那种才能。他那种故弄玄虚的艺术之美，如果我能这样称呼的话，在于他完美无缺的技艺（这种技艺产生于一种本能地对人类天性的了解和一种令人叹为观止的镇静），凭着这种技艺，他总能使那些他煞费苦心干出来的滑稽可笑的事看起来像是一半起因于他的不由自主，一半起因于他为了防止那些事的发生，为了维护母校良好的秩序和尊严所进行的值得称赞的努力。而每当他这种值得称赞的努力失败之时，一种后悔莫及、自怨自艾、无地自容的表情便会弥漫于他面部的每一个毛孔，连他那些疑心最重的同学也丝毫不会怀疑他是一腔真诚。他的机敏也值得一说，凭着这种机敏，他总能把人们的荒唐感从创造者身上转移到创造物身上，从他本人身上转移到他所做的那些荒唐事上。在我上面所言及的事例中，我知道他迄今为止每次都神秘地逃脱了他的鬼花招本来应该带给他的后果，而那些鬼花招正是他荒谬的性格和人格之必然产物。一直被一种奇思怪想的气氛所包围，我的朋友似乎活在这个世上仅仅是为了社会的严肃；甚至连他的家里人回忆起里茨内尔·冯·荣格男爵之时，除了严肃和威严之外就再也没有其他印象。

就在他寄宿G大学期间，意大利人崇尚的“美妙的慵懒”似乎像梦魇一般笼罩着整个校园。至少大家除了吃喝玩乐便无所事事。学生宿舍变成了许许多多的小酒馆，而其中最著名最热闹的就是男爵的小酒馆。我们常常在那儿举行狂欢宴会，大家兴高采烈，时间拖得很长，而且每次都会有点事件发生。

有一次我们的酒宴延续到快天亮的时候，当时大家都喝了不少酒。那天参加宴会的除男爵和我之外还有七八个人，他们大都是钱财宽绰、身份高贵、门庭显赫的年轻人，心里都充满了一种浮夸的荣誉感。他们满脑子都是最极端的德国人关于决斗的见解。对于这些堂吉诃德式的观念，巴黎的一些刊物以当时发生在G大学的三四场致命的决斗为背景，又为其注入了新的活力和动力；于是在那晚的大部分时间里，人们对这个在当时压倒一切的热门话题都滔滔不绝，口若悬河。男爵在宴会的前半部分显得异常沉默而且心不在焉，但最后他似乎被自己的冷漠所惊醒，终于在讨论中扮演起主要角色，对决斗中礼仪准则的好处，尤其是对其妙处，进行了一番详论。他的发言热情奔放，雄辩有力，形象生动，娓娓动听，基本上激起了在场每一个人的最大热情，甚至连我也着实吃了一惊，因为我知道他心里正在嘲笑他嘴里吐出的每一个字眼，他尤其藐视决斗中那些礼节，认为那是不折不扣的虚张声势。

就在男爵拖声发一个长音之时（关于男爵的演讲，如果我顺便说一下它颇具柯尔律治那种激昂、单调、无聊却富有音乐性和教诲性的风格，那我的读者也许就能对其获得一个大致的印象），我环顾了一下四周，在一个人的脸上发现了与共同兴趣相异的征兆。这位将被我称作赫尔曼的绅士是一位在各个方面都有其独创性的人，也许只有一点例外，那就是他是一个非常伟大的白痴。不过，他设法在学校的一伙人中赢得了一种声誉，那伙人崇拜他深刻的形而上学思想，而我认为他具有几分逻辑天才。作为一名决斗者，他享有很高的名望，甚至在G大学也不例外。我忘了倒在他手下的具体人数，但那个数绝对少不了。然而他最引以自豪的是他对决斗礼仪规则的精通，以及他对荣誉感之谨慎。这些是他最喜欢卖弄的拿手好戏。至于里茨内尔，他随时提防着不出乖露丑，他奇异的性格长期以来一直使他能得心应手地故弄玄虚。但当时我并没意识到这一点，尽管我清楚地看到他脑子里正在酝酿一个古怪的念头，而赫尔曼正是他选中的目标。

当前者继续侃侃而谈，或准确地说继续独白之时，我觉察到后者越来越激动。最后他终于开口了。他对男爵所坚持的一个论点提出了异议，并详尽地阐述了他持异议的理由。男爵最后对他的异议进行答辩（仍然保持着他那种虚张声势、富于热情的声调），答辩的末尾用了一句我认为情趣低下的挖苦讽刺。这下赫尔曼的拿手好戏脱缰了。这一点我从他故意小题大做、条分缕析的反驳中就能看出。我还清楚地记得他最后一段话。“冯·荣格男爵，请允许我说，尽管你的见解基本正确，但其中许多要点有损你的名誉，也使你身在其中的学校蒙受耻辱。它们在好些方面甚至不值一驳。阁下，如果这不算冒犯的话（说到这儿他淡然一笑），那我还想说，阁下，你那些见解让人很难相信出自一位绅士之口。”

当赫尔曼说完这句意味深长的话，所有人的眼光一下都转到了男爵身上。他的脸先是一阵白，然后又一阵红，接着他把手巾掉在了地上，当他弯腰去拾时，我瞥见了他的脸，而此时别人都不可能看见。那张脸上闪现出那种显示他天性的表情，而这种表情我以前只是在我与他单独相处而且在他完全放松时才见过。他很快直起身来，面朝着赫尔曼。我从未曾见过一个人的表情能在那么短的时间内说变就变。一时间我竟以为自己一直误解了他，以为他本是个极其严肃认真的人。他当时似乎正被感情窒息，脸色看上去如同死灰。他沉默了一会儿，显然正在努力控制感情。最后他似乎成功了，于是他把手伸向身边一个有玻璃塞的圆酒瓶，一边握紧酒瓶一边说：“赫尔曼先生，你自以为刚才对我说的那番话非常得体，但实则荒谬绝伦，漏洞百出，所以我既没有兴趣也没有时间来逐一匡谬。不过，我的见解让人难以相信出自绅士之口。这句话的确是一个直接的冒犯，这种冒犯只允许我按一条行为准则行事。然而，对今晚在座诸位，我应该以礼待之，此刻你作为我的客人，也当在其列。所以，如果我基于上述考虑而稍稍违背绅士们在受到同样的人身侮辱时所采取的一贯作法，那你应该宽宏大量。你应该原谅我即将对你的想象力施加有节制的压力，譬如，尽量认为你在那面镜子里的映像就是真正的赫尔曼先生。这样一来事情就好办多了。我将把这个酒瓶砸向镜子里的你，这样做虽非不折不扣地报复了你对我的侮辱，但也体现了其精神，从而也将避免对真正的你施加肉体上的暴力。”

他话音未落就将那个装满酒的瓶子砸向了与赫尔曼相对的那面镜子，酒瓶准确无误地击中了镜中的赫尔曼，当然，那面镜子被击得粉碎。所有的人都惊得一跃而起，除了我和里茨内尔，其他人都匆匆告辞。

赫尔曼刚出房门，男爵就低声叫我跟上去，并要我主动向他提供帮助。我听从了他的话，尽管我并不知道他葫芦里装的究竟是什么药。

赫尔曼以他通常那种拘谨但极其考究的风度接受了我的帮助，拉着我的手领我去他的房间。他深沉而严肃地谈起他刚才受到的侮辱，并称那侮辱具有“高雅独特的性质”，这使我差点儿当着他的面笑出声来。在用平常的语调发表了一通沉闷的演说之后，他从书架上取出一摞已经发霉的关于决斗的书，并花了很长时间来给我讲那些书的内容；他一边高声朗读，一边热心地给我讲解。我现在只记得几本书的书名。它们是《腓力四世关于决斗的法规》[1]、法温所著的《荣誉剧场》[2]和奥迪吉耶[3]写的题为《论允许决斗》的长篇论文。他当时还向我炫耀过一本布朗托姆[4]所著、1666年在科隆用厄泽维尔[5]活字体印刷的《决斗回忆录》，一部非常贵重

1 此书由法国历史学家让·萨瓦荣（Jean Savaron，1566—1622）所著，于1610年在巴黎出版。

2 指法国作家安德烈·法温所著《荣誉剧场与骑士精神》（*Le Théâtre d'honneur et de chevalerie*，1620），该书英文版 *The Theater of Honour and Knighthood* 于1623年在伦敦出版。

3 指法国诗人及作家维塔尔·德奥迪吉耶（Vital d'Audiguier，1565—1624）。

4 指法国作家皮埃尔·德布朗托姆（Pierre de Brantôme，1539—1614）。

5 指荷兰古籍印刷出版家路易斯·厄泽维尔（Louis Elzevir，1540—1617）。

且独一无二的羊皮纸珍藏本，有精美的书边，由德罗姆装订所[1]装帧。但他以一种既神秘又机敏的表情叫我特别留意一本厚厚的八开本书，那本书由一位名叫埃德兰的法国人用蹩脚的拉丁语写成，有一个古怪的书名《写过的和未写过的以及写过和未写过之外的决斗法》[2]。他从那本最可笑的书中选了最滑稽的一章读给我听，那章的内容是关于"Injuriæ per applicationem, per constructionem, et per se"，读到一半，他断言该章内容完全适合他眼下这个"高雅独特"的案例，不过我恐怕这辈子也听不懂他究竟读了些什么。他读完那一章后合上书，问我认为他应该采取什么必要行动。我回答说我绝对相信他比我更精细敏锐的感觉，并准备随时听候他的吩咐。这回答似乎使他感到受宠若惊，他当即坐下来给男爵写了一封短信。内容如下：

呈里茨内尔·冯·荣格男爵

兹委托我的朋友P先生面呈此信。我觉得自己有义务要求你尽快在你方便之时对今晚发生在你屋里的事做出解释。倘若你拒绝这一请求，P先生将乐意与你

1 18世纪法国一著名家庭书籍装订厂，由尼古拉－德尼·德罗姆（Nicolas-Denis Derôme，1730—1790）创办。

2 这个拉丁语书名及其后文的拉丁语内容均为爱伦·坡之杜撰。

指定的任何朋友一道为我俩的会面做必要的安排。

谨致崇高的敬意

你最卑贱的仆人

约翰·赫尔曼

18××年8月18日

我不知还有什么更好的事可做，只能带上这封信去见里茨内尔。他从我手中接信时朝我鞠了一躬，然后神情庄重地请我坐下。读完那封挑战书，他马上写了回信，我又带着这封回信去见赫尔曼。

呈约翰·赫尔曼先生

通过我们共同的朋友P先生，我收到了你今晚的来信。经过深思熟虑，我坦率地承认你要我做出解释的请求是正当的。虽然承认这点，但我仍然觉得（由于我俩之间的不和所具有的那种高雅独特的性质，由于我这方面所受到的人身侮辱）我不得不用道歉二字来命名的那种解决方式并不完全适合我们这个案例的紧迫性和变化性。然而，我完全信赖你在礼仪准则方面所具有的那种精细入微的辨别能力，你长久以来一直在这方面享有那么高的声望。因此我确信我将得到你的理解，所以请允许我让你去查阅一下埃德兰先生的见解，以代替我个人的意见，我请你查阅的内容在他那部书名为《写过的和未写过的以及写过和未写过之外的决斗法》的大作中篇名为“Injuriæ per applicationem, per constructionem, et per se”的那章的第 9 段里。我深信，你对讨论到的所有问题所具有的精确的识别能力将足以使你承认，单是我请你查阅那段令人叹服的文字就应当满足你作为一名有荣誉感的人要求我做出解释的请求。

谨致深切的敬意

你最恭顺的仆人

冯·荣格

18×× 年 8 月 18 日

赫尔曼开始读信时绷着一张脸，但当他读到关于 Injuriæ per applicationem, per constructionem, et per se 的那段废话时，他脸上露出了一种最滑稽的自我陶醉的笑容。读完信，他谄笑着恳请我坐下，然后找出信中要求的那部论著，翻到指定章节，认认真真地读了起来。最后他合上书，要求我以他密友的身份向冯·荣格男爵表达他那份得到提升的骑士的荣誉感，其次叫男爵放心，他提供的解释可谓最充分，最体面，而且也最明确无误地令人满意。

我多少有点给弄糊涂了。我回到男爵的住处，他似乎觉得收到赫尔曼的和解信是件天经地义的事。和我说了几句话后，他到里屋拿出那部永恒的论著《写过的和未写过的以及写过和未写过之外的决斗法》，把书递给我并叫我看看某章某节。我翻开书读了他所说的章节，但几乎和没读一样，因为我没法从那些字眼中读出任何意义。于是他接过书去，高声给我朗读了一章。令我惊奇的是，他读出来的竟是一段关于两个野蛮人决斗的荒唐故事。这下他开始揭开谜底，原来那本书，正如它给人的第一印象一样，是按迪巴尔塔斯[1]的滑稽废话诗形式写成的；这就是说，其语言经过巧妙的排列，使人听起来觉得清晰易懂，甚至还能体味到几分深刻，但事实上却没有一丝一毫的意义。而读懂那本书的秘诀在于读第一个词后要跳过两个词，读第二个词（即第四个词）后则跳过三个词，然后如此交替跳读，于是一连串对现代社会流行的决斗的讽刺和嘲笑便会显现出来。[2]

男爵接着告诉我，在今晚这番冒险的两三个星期

1 迪巴尔塔斯（Guillaume de Salluste Du Bartas，1544—1590），法国诗人。

2 依照这种读法，故事中三次出现的 Injuriæ per applicationem, per constructionem, et per se 这句拉丁语就应该读成“Injuriæ per se”，意即“自我伤害”或“自残”。

之前，他故意把这样一本书掉在了赫尔曼必经的路上，他后来从赫尔曼的谈话中满意地发现他已经绞尽脑汁地研究过那本书，并坚信那是一部价值非凡的杰作。男爵后来的所作所为基于这种明显的迹象：赫尔曼宁愿去死一千次也绝不肯承认这世上还有他读不懂的关于写决斗的书。

斯芬克司

在纽约流行那场可怕的霍乱期间，我曾接受一位亲戚的邀请，去他那座位于哈得孙河畔的优雅僻静的小别墅与他共度了两星期。在那儿我们有各种各样平常的消夏方式，诸如林间漫步、素描写生、划船、钓鱼、游泳、听音乐和读书，若不是每天上午都从那座人口稠密的城市传来可怕的消息，我们本来应该过得相当愉快。可没有一天不给我们带来某一位熟人去世的噩耗。随着死亡消息的增加，我们已习惯每天预料失去某个朋友。最后，我们一见到邮差走近就不寒而栗。我们仿佛觉得从南边吹来的风中甚至都含有死亡的气息。实际上那个令人战栗的念头占据了我的整个灵魂。我不能说别的，不能想别的，甚至连做梦也不会梦见别的。我的主人神经不像我这般过敏，所以尽管他情绪也非常低落，可仍然尽力振作我的精神。他睿智达观的心灵任何时候都不受虚幻的影响。对恐怖之实体他能充分感觉，但对其虚影他却反应迟钝。

他力图把我从我所陷入的那种异常的阴郁心境中解救出来，但他的努力在很大程度上被我在他书房里找到的几本书所挫败。那几本书具有一种性质，它们能催使天生就潜伏在我心中的任何迷信的种子发芽。我读那些书他并不知道，因此他常常弄不明白是一些什么强有力的影响作用于我的想象力。

我特别喜欢的一个话题就是人们对预兆的普遍信念，而在我所生活的这样一个时代，我几乎是拼命想为这一信念辩护。我长时间地就这个话题与他畅谈，而他坚持认为相信这种事纯属捕风捉影。我争辩道，一种绝对油然而生的普遍感情，也就是说，一种没有明显暗示痕迹的感情，其本身就具有明白无误的真实成分，因而值得高度重视。

实际上，我刚到那座别墅不久，就有一件完全莫名其妙的事发生在我眼前，事情是那么异乎寻常，所以我把它看成是一个兆头也情有可原。它使我胆战心惊，同时又使我十分迷惑，所以过了好几天我才拿定主意把那件事告诉我那位朋友。

非常暖和的一天日近黄昏的时候，我捧着一本书坐在一扇开着的窗户跟前，窗户俯瞰着哈得孙河，顺着河道可望见远方的一座小山，山的正面离我最近之处已被人们所说的滑坡剥去了大部分树木。当时我的思绪早已从面前那本书中飘向了附近那座阴郁而凄凉的城市。从书页上抬起目光，我看见了那片光秃秃的山坡，看见了山坡上的一个目标，一个形状可怕的活生生的怪物，它飞快地从山顶冲下山坡，最后消失在山脚下的密林之中。当我第一眼看见那个怪物时，我怀疑过自己的神志，或至少怀疑过自己的眼睛。过了好几分钟我才使自己确信，我既没有神态失常，也不是在做梦。然而，要是我描述一下那怪物（我清清楚楚地看见，并镇静自若地观察了它下山过程的那个怪物），恐怕我的读者会觉得比我当初还更难相信那些特征。

那片光秃秃的山坡上还剩下几棵幸免被滑坡卷走的大树，我趁那怪物冲过那几棵大树的时机，用树的直径作参照估量了一下它的大小，这样我推断出它比现有的任何战列舰都大。我之所以说战列舰，是因为那个怪物使我想到了这个念头，一艘有74门大炮的战列舰也许能非常勉强地勾勒出那个怪物的轮廓。那怪物的嘴巴长在其鼻端，而那个鼻子大约有六七十英尺长，有一头大象的身体那么粗。在这个长鼻的根部有一大丛黑色的粗毛，比从20头野牛身上能拔下的毛还多。从那团黑毛之中，朝下侧向伸出两根微微闪光的长牙，其形状很像野猪的獠牙，但不知大了多少倍。在那个长鼻的两侧并与之平行，各伸出一根巨大的柱状体，长度约有三四十英尺，看上去仿佛纯然由水晶构成，形状是完美的结晶棱柱，棱柱在夕阳余晖中反射出更华丽的光彩。怪物的躯体像一个尖端着地的楔子，躯干上生出两对翅膀，每只翅膀的长度差不多有100码，一对翅膀叠于另一对之上，翅膀上都密密地覆盖着金属状鳞片，每块鳞片的直径明显地在3米到4米之间。我注意到翅膀的上下层由一根粗链相连。但这个可怕的家伙最奇特之处是它身上有个骷髅标志，那标志几乎覆盖了它的整个胸部，仿佛是由一名画家精心构图，用耀眼的白色准确地画在它身体的黑底色上。当我注视着那可怕的动物，尤其是看见它胸前那个图案之时，我心中涌起一阵恐怖和敬畏之情，一种大祸就要临头的感觉。这种感觉我发现凭理性无论如何也不可能抑制，同时我还看到那根长鼻端上的大口突然张开，接着听见从那口中发出一种非常响亮并非常凄厉的声音，那声音就像一阵丧钟敲打我的神经，待那怪物在山脚下的森林中消失，我一下跌倒在地板上，不省人事。

我苏醒过来的第一冲动当然就是把我见到的和听到的马上告诉我的朋友。可我现在也说不清后来是一种什么样的矛盾心情阻止了我那样去做。

那件事发生三四天后的一个傍晚，我俩终于一起坐在了我看见那个幻影的房间。当时我在同一扇窗户跟前占据了同一个座位，而他则懒洋洋地靠在旁边的一张沙发上。时间地点引起的联想使我觉得非把那天见到的现象告诉他不可。他从头至尾听完了我的讲述。开始他一阵开怀大笑，随之又突然变得非常严肃，仿佛我的精神错乱已经是一个毋庸置疑的事实。就在这时，我又清楚地看见了那个怪物。随着一声绝对恐怖的尖叫，我连忙把它指给他看。他急切地看了一阵，但坚持说什么也没看见，尽管当那怪物冲下光秃秃的小山正面时，我详细地为他指出了怪物行进的路线。

这下我的惊恐更是有增无减，因为我认为那个幻象要么是我死到临头的凶兆，要么是我神经错乱的征候。我悻悻然坐回我那把椅子，把脸深深地埋进双手。过了一会儿待我重新抬眼之时，那怪物早已无影无踪。

不过我的主人已多少恢复了平静，开始非常认真地询问有关我想象中的那个怪物的形状。当我的回答使他完全满意之后，他如释重负地长长松了口气，并以一种我所认为的极度平静，继续说起了思辨哲学的各个方面，这是我俩一直在讨论的题目。我记得（在其他看法当中）他特别强调这样一种观念：人类研究问题出错的主要根源就在于容易过低或过高地估计所研究对象的价值，而这种错误估计又仅仅是因为对其邻近参照物的误测。“例如，”他说，“要正确地估计民主之普及施加于人类的影响，那实现这种普及可能需要的时间就不该不在这个估计中构成一个条目。但你是否能告诉我，哪一位谈政治问题的作家曾想到过这一题目的这个特殊分支值得讨论？”

说到这里他停顿了一下，走向书柜并取回一册概述性的普及版《博物学》。然后他请我与他交换座位，以便他可以更清楚地看那册字体很小的书。他在靠窗边我那把椅子上坐下，翻开了那本书，又用与刚才相同的语气继续他的论述。

“要不是你把那个怪物描述得那么详细，”他说，“我也许绝不可能向你说明那是什么东西，首先，让我给你读一段一个学生关于昆虫纲鳞翅目天蛾科之 Sphinx[1] 的描述。这段描述如下：

四片膜状翅覆有金属状之彩色细鳞。由于喙部发达，突出呈长鼻形，两侧可见退化的颚和毛状触官。下翅凭一根硬耸毛支撑上翅；触角形如长棍，呈棱柱

1 Sphinx 一词在英语及西方多国语言中既指希腊神话中之怪兽斯芬克司，又指昆虫类的骷髅天蛾（sphinx moth），即俗称的鬼脸天蛾。

形，腹尖呈纺锤状。骷髅纹天蛾可发出一种凄厉之声，其声及其胸背部之骷髅状标记有时引起迷信者之极大恐惧。

读到这儿他合上书，把身子往前一倾，刚好形成我看见“那个怪物”时的那副坐姿。

“啊哈，它在这儿！”不一会儿他惊呼道，“它正重新爬上山的正面,我承认它的模样看上去很古怪。但是，它绝没有你所想象的那么大，或那么远，因为实际情况是：它正顺着这根由蜘蛛沿窗格垂下的蛛丝蜿蜒而上，我发现它最多只有 2 厘米长，而且离我的眼珠大约也只有一段 2 厘米[1]远的距离。”

1 原文 sixteenth of an inch（1/16 英寸 ≈ 0.16 厘米）恐为 sixteenth of a foot（1/16 英尺≈ 2 厘米）之误。

眼 镜

多年以前，对“一见钟情”的嘲笑曾风靡一时，但那些善于思索者和那些感觉深切者一样，始终提倡这种恋情之存在。其实，那些或许可以被称作道德魅力或磁性审美的现代发现已经证明了这样一种可能性：人类最自然，因而也最真实而强烈的爱情，正是那种像电磁感应一样发自心底的倾慕之情。简言之，最辉煌最持久的心之镣铐都是在一瞥之间被钉牢的。我正要写出的这份自白将为这种真实心态之不胜枚举的事例再添上一例。

我这个故事要求我应该讲得稍稍周详一些。我还是一个正值少壮的青年，年龄尚不足22岁。我眼下姓辛普森，一个非常普通而且相当平民化的姓。我说“眼下”，因为只是近来我才被人这样称呼。我于去年依法采用了这个姓氏，以便接收一位名叫阿道弗斯·辛普森的远亲留给我的一大笔遗产。接收那笔遗产以我改姓遗嘱人的姓氏为条件，只改姓，不改名。我的名字叫拿破仑·波拿巴，更严格地说，这是我的首名和中间名。

我接受辛普森这个姓多少有点勉强，因为姓我本来的父姓弗鲁瓦萨尔，我感到一种完全可以谅解的自豪。我认为我可能是《闻见录》之不朽作者让·弗鲁瓦萨尔[1]的后裔。说到姓氏这个话题，请允许我顺便提一下我的一些直系前辈姓氏发音中一个惊人的巧合。我的父亲姓弗鲁瓦萨尔，来自巴黎。15岁就成为他妻子的我的母亲本姓克鲁瓦萨尔，是银行家克鲁瓦萨尔的大女儿。银行家的妻子嫁给他时也只有16岁，她是维克托·瓦萨尔先生的大女儿。真是奇妙，瓦萨尔先生刚巧娶了一个与他姓氏相似的穆瓦萨尔小姐。这位小姐结婚时也差不多还是个孩子。而同她一样，她的母亲穆瓦萨尔夫人也是14岁就初为人妻。这样的早婚在法国司空见惯。然而，这些婚姻却造成了穆瓦萨尔、瓦萨尔、克鲁瓦萨尔和弗鲁瓦萨尔这些姓氏混为一族，一脉相传。正如我刚才所说，我的姓已依法改成了辛

---

1 让·弗鲁瓦萨尔（Jean Froissart，1337—1405，通译“让·傅华萨”），法国诗人及宫廷史官，其4卷本《闻见录》（*Chroniques*，1373—1400）主要记载并描写了百年战争的“光荣业绩和武功”。

普森，但我曾一度对这个姓相当厌恶，实际上我还犹豫过是否接受这笔附加有这个毫无价值而且令人讨厌的限制性条款的遗产。

至于我个人之天赋，我没有任何缺陷。恰恰相反，我认为自己健全完美，而且有一副百分之九十的人都会说漂亮的面孔。我身高有5英尺11英寸。我的头发乌黑而且曲卷。我的鼻子堪称挺秀。我的眼睛又大又灰，虽说它们已经近视到令我极感不便的地步，但就其外观而言，尚无人会怀疑它们有什么缺陷。不过，这近视本身却一直使我很恼火，我采取了每一种补救措施，唯有戴眼镜这一措施除外。正值青春年少，又生得一表人才，我自然讨厌眼镜，而且从来就断然拒绝使用它们。我真不知道还有什么东西能如此损害一个年轻人的形象，或是使其每一面部特征都带上一种即便不是冒充圣人或老人至少也是假装正经的神态。从另一方面来说，单片眼镜有一种十足的华而不实且矫揉造作的意味。迄今为止我哪一种眼镜都不戴，却依然能够应付自如。不过，这些纯粹的个人琐事在很大程度上其实并不重要。此外我要满意地说，我的性情乐观、急躁、热情、奔放，我一生都是一个忠实的女性崇拜者。

去年冬天的一个晚上，我和朋友塔尔博特先生一道进了P剧院的一个包厢。那天晚上上演的是一出歌剧，演出海报做得格外精彩，所以剧场里相当拥挤。不过我们按时到达了我们预订的正面包厢，并稍稍费了点劲挤开进包厢的通道。

我那位朋友是个音乐迷，整整两个小时他一直目不转睛地盯着舞台。而在此期间，我却一直在津津有味地观看主要由本城名流精英组成的场内观众。就在我感到心满意足，正要掉头去看台上的首席女演员时，我的目光突然被我刚才漏掉的一个私人包厢里的一个身影牢牢地吸引住了。

即使我活上1000岁，我也绝不会忘记我看见那个身影时的强烈感情。那是一个女人的身影，是我见过的最优雅的身影。当时那张脸正朝向舞台，所以好几分钟内我都未能看见，可是那身影真是绝妙非凡，再没有什么字眼可以用来形容其优雅匀称，甚至连我所用的“绝妙非凡”这个词也显得苍白无力。

女人身姿之美和女性优雅之魅力历来就是一种我无法抗拒的力量，更何况眼前就是那人格化、具体化的优雅，就是我最疯狂热烈的梦幻中的理想之美。那个包厢的结构允许我对那身影一览无余。它看上去比中等身材略高，虽未绝对达到但也差不多接近端庄之极致。它无瑕的丰满和曲线恰到好处。其只见后脑勺的头部之轮廓与古希腊美女普叙赫媲美，一顶漂亮的薄纱无檐帽与其说是遮住了头部不如说是在展示头部，这使我想起了古罗马修辞学家阿普列乌斯所形容的“用空气织就”。那条右臂倚在包厢栏杆上，其精妙的匀称美使我的每一根神经都为之颤动。手臂上半部被当时流行的宽松袖遮掩。宽松袖刚刚垂过肘部，肘下露出的紧身衣袖质地轻薄，袖口镶着华丽的饰边，饰边优雅地遮住手背，只露出几根纤纤玉指，其中一根手指上闪烁着一枚我一眼就看出价值连城的钻石戒指。那浑圆的手腕上戴着一个手镯，上面也镶饰着华贵的珠宝。这一切在顷刻间就明白无误地道出了其佩戴者之富有和过分讲究的审美情趣。

我凝视那个女王般的身影至少有半个小时，仿佛我突然之间被变成了一块石头。而就在那半个小时之中，我感受到了一直被世人讲述或讴歌的“一见钟情”的所有力量和全部真谛。我当时的感情与我从前经历过的任何感情都截然不同，虽说我从前也曾目睹过一些最富盛名的女性美之典范。一种莫名其妙的东西，一种我现在不得不认为是心与心之间的磁性感应的东西，当时不仅把我的目光，而且把我全部的思维能力和感觉，都牢牢地钉在了眼前那个美妙的身影上。我发现，我认为，我知道，我已经深深地、疯狂地、不可挽回地坠入了爱河，而此时我尚未能一睹我心上人的容颜。当时我心中那种恋情是那么强烈，以至于我现在依然深信，即便那未睹之芳颜被证明不过是寻常品貌,那恋情也不会因此而减弱一分。只有真正的爱情，只有一见钟情，才会如此别具一格，才会如此不依赖于那似乎仅仅是引发它并控制它的外部形态。

当我就这样沉迷于对那个可爱身影的赞美之时，观众中突发的一阵骚动使她把头稍稍转向了我，这下我看见了那张脸的整个轮廓。那容貌之美甚至出乎我的预料，可那眉宇之间却有一种令我失望可又说不出准确原因的神情。我说“失望”，但这绝不是一个恰当的字眼。我的感情在突然之间得到了一种宁静和升华。它们由心荡神移变成了一种平静的热烈，或说热烈的平静。这种感情状态之产生也许是由于那张脸上有一种圣母般端庄安详的神情，可我马上就领悟到那种神情不可能是全部原因。那眉宇之间还有某种东西，某种我未能发现的奥秘，某种引起我极大兴趣可又使我稍稍不安的表情。事实上我当时处于那样一种心态，那种心态可以使一名多情的青年男子采取任何毫无节制的行动。那女子若是孤身一人，我无疑会不顾一切地进入她的包厢同她搭话。可幸运的是她身边有两位陪伴，一位先生和一位非常漂亮的女士，那位女士看上去比她年轻几岁。

我脑子里想出了上千种方案，一想散场后我得设法被正式引见给那位年龄稍长的女士，二想我眼下无论如何得设法更清楚地欣赏她的美貌。我真想换一个离她包厢更近的座位，但剧院座无虚席之现状排除了这种可能，而且即便我有幸带了望远镜上剧院，上流社会严格的法令最近也对在那样一种情况下使用剧场望远镜做出了强制性的禁止，何况我也没有带望远镜。我就那样陷入了绝望之中。

这时我终于想到求助于我的朋友。

“塔尔博特，”我说，“你有个剧场望远镜。让我用用。”

“望远镜？没有！你认为我会用那玩意儿来干什么？”他说完不耐烦地把头重新转向舞台。

“可是，塔尔博特，”我拉了拉他的肩头继续道，“请听我说，好吗？你看见那个包厢没有？那儿！不，旁边那个，难道你见过那样可爱的一个女人？”

“她非常漂亮，这毋庸置疑。”他说。

“我真想知道她是谁！”

“什么，以所有天使的名义起誓，你真不知道她是谁？‘不知她者乃无名鼠辈。’她就是大名鼎鼎的拉朗德夫人，当今绝世无双的美人，眼下全城讨论的话题。她还非常富有，是个寡妇，一个佳偶，她刚从巴黎来。”

“你认识她？”

“是的。我有这份荣幸。”

“你能为我引见吗？”

“非常乐意。什么时候？”

“明天，午后 1 点，我会到 B 旅馆来找你。”

“那好吧。现在请闭上嘴，如果可以的话。”

我不得不接受了塔尔博特这后一句忠告。因为他对我进一步的问题和建议都坚持一概充耳不闻，而且那天晚上剩下的时间他都不再理我，整个心思都集中于台上的演出。

与此同时，我一直目不转睛地盯着拉朗德夫人，而最后我终于幸运地看到了她那张脸的正面。那副面容真是楚楚动人，当然，我的心早就告诉了我这一点，甚至在塔尔博特告诉我之前。但仍有某种莫名其妙之处使我感到不安。我最后断定，我是被一种庄重、悲哀，或更准确地说，是被一种厌倦的神情所深深打动，那种神情使那张脸少了几分青春的活力，却赋予它一种天使般的温柔和庄重，因而也自然而然地令我多情而浪漫的心更加神往。

就在我这样大饱眼福之际，我终于惊慌失措地从那女士几乎不为人察觉的一惊中发现，她已在蓦然之间意识到了我专注的目光。可我当时完全神魂颠倒，竟未能收回我的眼光，哪怕只收敛一时半会儿。她掉过脸去，于是我又只能看见她后脑线条清晰的轮廓。过了一会儿，仿佛是受好奇心的驱使，想知道我是否还在偷看，她又偷偷地转过脸来，又一次面对我火热的目光。她那双乌黑的大眼睛蓦地垂下，满脸顿时羞得通红。但使我惊讶的是她不仅再一次向我掉过头来，而且竟然从她的紧身衣中掏出了一副双片眼镜。她举起眼镜，对准方向，然后不慌不忙、专心致志地把我打量了足足有好几分钟。

即便当时有个炸雷落到我脚下，我也不可能感到更为震惊，仅仅是震惊，没有丝毫的反感或者厌恶。不过若是换一个女人，那样无礼的举动很可能引起反感或厌恶，但她对我的打量是那么安详宁静，那么漫不经心，那么泰然自若，总之是明白无误地显示出了一种最好的教养，使人感觉不到一星半点的厚颜无耻，而当时我心中只有赞美和惊讶的感情。

我注意到，她第一次举起眼镜之后不久，似乎已满足地把我看了一番，然后她正要收起眼镜，这时仿佛又想到第二个念头，于是她再次举起眼镜，全神贯注地一连看了我好几分钟，我敢说至少也有 5 分钟。

这番在美国剧院非常招人眼目的举动吸引了许多人的注意，并在观众中引起了一阵骚动，或者说是一阵嘁嘁喳喳的声音，这使我感到一阵心慌意乱，但并没有使我的目光离开拉朗德夫人的脸。

满足了她的好奇心之后（如果真是那样的话），她放下了眼镜，平静地把她的注意力重新转向舞台。现在她的侧影又一次朝向我，我仍然像先前一样目不转睛地盯住她看，尽管我充分地意识到那样做显得相当无礼。不一会儿，我发现她的头慢慢地、轻轻地变换了一下位置。随即我就完全确信，那位女士是假装在看舞台，实际上却在暗暗地注视我。我无须赘述那样一位窈窕淑女的这番举动对我易激动的心产生了什么样的影响。

就那样把我细看了大约 15 分钟，我所恋的那个美人侧身去对陪她的那位先生说话。当她说话时，我凭着他俩的目光清楚地看出他们的谈话是在说我。

谈话之后，拉朗德夫人再次把头转向舞台，一时间似乎沉浸于台上的演出。然而在这段时间的末了，我极度兴奋地看见她第二次打开了挂在她身边的那副折叠双片眼镜，像上次那样完全对着我，不顾观众中再次发出的嘁嘁喳喳声，以刚才那种既使我高兴又令我惶惑的不可思议的从容，从头到脚地再次对我细细打量。

这种异乎寻常的行为把我抛进一种完全疯狂的激

动，抛进了一种绝对的爱之谵妄，因此没让我感到惊慌失措，反而鼓起了我的勇气。在一阵强烈的爱的疯狂之中，我完全忘记了身边的一切，心中只有那正面对着我的幻影之端庄美丽的存在。我等待着机会，当我认为观众已完全被歌剧所吸引，我终于不失时机地迎住了拉朗德夫人的眼光，而就在四目相交的瞬间，我非常轻微但明白无误地冲她点了点头。

她顿时面红耳赤，随之避开了目光，接着又缓慢而谨慎地四下环顾，显然是想知道我这个轻率的举动是否被人发现。然后她又把身子侧向坐在她旁边那位先生。

这时我为自己不体面的举止感到羞愧，并以为事情马上就会暴露，随之我脑子里闪过明天挨枪子儿的幻象，这令我深感不安。但我马上就如释重负，因为我看见那位女士并没有说话，而只是把一份演出海报递给了那位先生。不过紧随其后发生的事也许能使读者对我心灵的极度惊讶、深深诧异和茫然迷惑形成某种模糊的概念，因为转眼之间，当她再一次偷偷地左顾右盼之后，她允许她那双明亮的眼睛完全而持续地迎住了我的目光，然后微微一笑，露出两排珍珠般光洁的牙齿，并清清楚楚、明明白白、一点也不暧昧地朝我点了两下头。

我当然没必要详述我当时那种喜出望外、心醉神迷和销魂荡魄。如果真有男人快活得发疯，那男人就是当时的我。我恋爱了。那是我的初恋，我觉得是那么回事。那是一种至高无上的爱，一种难以形容的爱。那是“一见钟情”。它被感知并得到了一见倾心的回报。

是的，回报。我怎么能又干吗要对此有片刻的怀疑？对一位如此美丽、如此富有、如此有才艺、如此有教养、社会地位如此高贵，在各方面都像我所感觉的那样完全可尊可敬的女士的这番举动，对拉朗德夫人的这番举动，我难道还可能做出什么别的解释？是的，她爱上了我，她以一种同我一样盲目、一样坚决、一样偶然、一样放任、一样无限的热情回报了我的爱之热情！

可这些美妙的想象和思绪此时被大幕的垂落所打断。观众起身，随之就是通常的喧嚣。我匆匆离开塔尔博特，竭尽全力想挤到拉朗德夫人身边。由于人多我未能如愿以偿，最后我放弃了追踪而踏上回家的路。我极力宽慰自己因未能摸到她的裙边而引起的失望，因为我想到了塔尔博特将把我介绍给她，正式引见，就在明天。

这个明天终于来临。也就是说在一个沉闷难熬的长夜之后，新的一天终于开始。可到 1 点钟之前的几个小时就像是蜗牛爬行，单调沉闷，漫漫无期。但常言道，伊斯坦布尔也终将有其末日，因而这漫长的等待也总有尽头。时钟终于响了。当其余音平息之时，我已经步入B旅馆找塔尔博特。

“出去了。”塔尔博特的仆人说。

“出去了！”我偏偏倒倒向后退了几步，“请听我说，我的伙计，这种事完全不可能而且绝对不可能，塔尔博特先生不会出去。你说他出去了是什么意思？”

“没啥意思，先生。只是塔尔博特先生不在旅馆。就这么回事。他乘马车去S了，吃过早饭就走了，还留下话说他一个星期内都不会在城里。”

我又惊又怒，呆呆地站在那里。我还想问话，可舌头不听使唤。最后我绷着一张气得发青的脸转身离去，心中早把所有的塔尔博特统统打入了厄瑞波斯统辖的永恒的黑暗。显而易见，我那位细心的音乐迷朋友早把与我的约会抛到了九霄云外，他早在与我约定之时就将其忘在了脑后。他从来就不是一个认真履行诺言的人。实在没有办法。于是我尽可能地平息了胸中的怒气，郁郁不乐地徘徊于街头，枉费心机地向我所碰到的每一位熟人问起拉朗德夫人。我发现人人都听说过她，许多人还见过她，但她来这座城市只有几个星期，所以很少有人宣称与她相识。认识她的几个人与她也几乎只是一面之交，均不能或不愿冒昧在大白天为我正式引见。当我灰心丧气地站在街边与三个朋友谈论那个撩拨我心扉的话题之时，碰巧谈论的对象从那条街经过。

“千真万确，她就在那儿！”第一个朋友高声嚷。

“绝代美人，举世无双！”第二个朋友大声说。

“真是天使下凡！”第三个朋友赞叹道。

我抬眼一望，但见在一辆顺着大街缓缓向我们驶近的敞篷马车上，正坐着我在剧院里见到的那个勾魂摄魄的身影，而与她同包厢的那位年轻女士则坐在她身边。

“她的女伴也显得超凡脱俗。”最先开口的那位朋友说。

“真令人吃惊，”第二个朋友说，“依然那么光彩照人，不过艺术会创造奇迹。我发誓，她看上去比五年前在巴黎时更美。依然是一个漂亮女人。你不这么认为，弗鲁瓦萨尔？我是说，辛普森。”

“依然！”我说，“她干吗不是？不过与她的朋友相比，她就像金星旁边的一颗暗淡的星，就像安塔瑞斯[1]旁边的一只萤火虫。”

“哈！哈！哈！当然，辛普森，你可真善于发现，

1　安塔瑞斯（Antares），天蝎座中最亮之星，中文名为“心宿二”。

我是说独出心裁的发现。”说到这儿那三位朋友与我分手，当时他们中的一位哼起了一首快活的法国小调，我只记下其中两句：

尼农，尼农，尼农请下车，

下来吧，尼农·德朗克洛！[1]

但在这场小小的遭遇中，有一件事给了我极大的安慰，尽管它又撩拨起了那已经使我心力交瘁的一腔激情。当拉朗德夫人的马车经过我们身旁之时，我注意到她认出了我。而且，她对认出我这一点毫不掩饰，竟赐给我一个所有可想象的微笑中最甜蜜的微笑。

至于被正式引见，我不得不暂时放弃了所有希望，耐心等待塔尔博特认为他应该从乡下返回的那个时间。与此同时，我锲而不舍地频繁出入每一个体面的公共娱乐场所。最后在第一次看见她的那家剧院，我终于欣喜若狂地再次看见了她，并再次与她交换了目光，不过这已经是在第一次见到她的两星期之后。在这两星期当中，我每天都去塔尔博特下榻的旅馆询问他的归期，而每天都被那千篇一律的回答惹得生一场气，

1 尼农·德朗克洛（Ninon De L'Enclos，1620—1705），法国美女及才女，曾与许多名人相交。

他那位仆人只用“还没回来”这一句话来打发我。

所以，在我第二次见到她的那个晚上，我陷入了一种近乎疯狂的心态。既然我已得知拉朗德夫人是巴黎人，最近从巴黎来到这里，那她难道不可能突然返回巴黎？在塔尔博特回来之前就离去？难道她不可能就此永远从我身边消失？这念头可怕得令人不堪承受。既然我未来的幸福在此一举，我决定要采取一个男子汉的行动。长话短说，演出结束之后，我跟踪那位女士到她的住处并记下了地址，第二天一早就给她寄去一封我精心写成的长信，在信中我把积压在心头的话全都倒了出来。

我直言不讳，畅所欲言，总而言之我是慷慨陈词。我什么也没有掩饰，甚至包括我的缺点。我谈到了我和她初次相逢那种富于浪漫色彩的形式。我甚至谈到了我和她之间的眉来眼去。我竟然还宣称我确信她爱我，而我把这种确信和我对她的倾慕之情作为我不可饶恕的冒昧之举的两个理由。至于第三个理由，我谈到了我对自己在有机会被正式介绍给她之前她会离开这座城市的担心。我在这封激情洋溢的信之末尾，坦率地告诉了她我的现状、我的富有，并直截了当地向她求婚。

我在一种痛苦的期待中等待回音。似乎过了漫长的一个世纪终于等来了回信。

是的，居然来了回信。虽说这看来不切实际，可我的确收到了拉朗德夫人的回信，我所崇拜的美丽而富有的拉朗德夫人的回信。她的眼睛，她那双漂亮得惊人的眼睛，没有辜负她高贵的心灵。像她那样一个真正的法国女人，她服从了她理智的坦率指令，服从了她天性的强烈冲动，因为她鄙视世俗的假装正经。她没有对我的求婚不屑一顾。她没有让自己躲避在沉默之中。她没有把我的去信原封不动地退回。她甚至用她的纤纤玉指亲笔写给我一封回信。信的内容如下：

辛普森先生，请原谅我不能像应该的那样用贵国优美的语言写好此信。这是因为我最近才来贵国，还没有机会学好英语。

在为此辩护的同时，我现在想说，唉！辛普森先生真是猜得太准了。我还需要说什么吗？唉！我是不是已经多嘴了？

欧仁妮·拉朗德

我把这封言辞肯切的回信吻了无数遍，而且因它之故而有过上千种我现在已不记得的其他痴言痴行。塔尔博特还不想回来。天哪！要是他能稍稍想到他的离去给他的朋友带来的痛苦，难道极富同情心的他还不想立即飞回来拯救我？然而他还没回来。我去了信，他回了信。他被急事耽搁，但很快会回来。他在信中求我不要急躁，劝我控制住自己的激动，读点轻松读物，别喝比白葡萄酒更刺激的饮料，并且要求助于哲学的安慰。这个白痴！即使他本人不能回来，可他为什么不能动动脑子，在信中给我附寄一份引见信呢？我再次给他写信，恳求他马上寄一份引见信给我。可这封信被那位仆人退回——那条恶棍已经去乡下和他的主人做伴——信封上用铅笔写着如下签名附言：

昨天离开S，去处不明，没说去什么地方，也没说啥时回来。所以认为最好把信退回，因为认识你的笔迹，并知道你总是多少有点着急。

你忠实的斯塔布斯

读完这段附言，不消说我早已把那主仆二人一并献给了地狱之神。可生气发怒毫无作用，任何抱怨也都于事无补。

不过我还有一条出路，那就是我天生的冒险精神。这种精神一直使我获益匪浅，而这次我决定用它帮我达到目的。此外，在和拉朗德夫人有过书信来往之后，只要我不太过分，那什么样的不拘礼节会被她认为是无礼呢？自从收到那封回信以来，我已经习惯于监视她的住处，并由此发现每天傍晚时分，她习惯在她住处窗户俯瞰的一个花园广场散步，跟随她的只有一名穿仆人制服的黑人。就在那个公共广场，在茂密而阴凉的小树林间，在仲夏黄昏的薄暮之中，我看准机会上前与她搭话。

最好是能骗开伴随她的那名侍从，所以我招呼她时露出一副老朋友的姿态，以真正的巴黎式的镇定自若。她马上接过话头向我问好，并伸出了她那双迷人的小手。那名仆人立刻知趣地躲到了一边。于是，怀着两颗激情洋溢的心，我俩长久而坦诚地谈起了我们的爱情。

由于拉朗德夫人讲英语甚至比她写英语更糟，我们的交谈必然是用法语进行。用这门最适合谈情说爱的甜蜜语言，我任凭一腔火热的感情宣泄无遗，并以我所具有的全部口才，恳求她答应立即同我结婚。

看我这么急切，她莞尔一笑，接着便大讲礼仪规范这个古老的故事。正是这无端的恐惧阻止了多少人去获取幸福，直到幸福的机会永远失去。她说，我极其轻率地让我的朋友都知道我渴望认识她，因而让他们知道了我并不认识她，结果我们就不可能隐瞒我们初次相识的日期。然后她红着脸谈到了我们相识的时间太短，马上结婚不太恰当，不合礼仪，有悖常规。她以一种天真可爱的神态谈起这一切，这使我伤心，使我信服，又使我入痴入迷。她甚至笑吟吟地责备我太急躁、太轻率。她要我记住，我实际上甚至不知道她到底是谁，不知道她的前程、她的社会关系和社会地位。她请求我重新考虑我的求婚，不过她请求时叹了口气。她把我的爱称作是一时糊涂，是磷火的闪现，是片刻的遐思或者说悬想，是想象力飘忽不定的产物，而不是出自心底的真情实感。她说话之间暮色越发深沉，我们周围变得越来越暗，然后随着她仙女般的小手轻轻一摁，她在一个美妙的瞬间结束了她那番穷根究理。

我的回答之精彩只有真正的恋人才能做到。最后我不屈不挠地谈起了我忠贞不渝的爱，她超凡绝伦的美，以及我对她的热诚渴慕。结束时我以一种令人心悦诚服的说服力，详论了爱情之路上充满的种种危险。真正的爱之历程绝不会一帆风顺，因此无谓地延长这历程其危险显而易见。

我最后的这番雄辩似乎终于软化了她的执拗。这下她变得温情脉脉。可她说我们的爱情之路上还有一个障碍，一个她确信我尚未加以考虑的障碍。这是一个非常微妙的问题，而让一个女人来说则更难启齿。她说她提出这点肯定会付出感情的代价，不过为了我她可以做出任何牺牲。她所说的障碍是年龄问题。我是否已经意识到，是否已充分意识到我俩之间的年龄差异？丈夫比妻子大几岁，甚至大15到20岁，方能被周围的世界认可，实际上甚至被认为天经地义；不过她一直这样认为，妻子的年龄至少不应该大于丈夫的年龄。这种不自然的年龄差异太经常地造成，唉！造成生活的不美满。她已经知道我的年龄不超过22岁；而与此相反，我也许还不知道我的欧仁妮已远远地超过了这个年龄。

超越所有一切，这种高贵的心灵，这种高尚的坦率，使我欣喜，令我陶醉，永远地为我戴上了爱情的枷锁。我几乎不能压抑心中的那阵狂喜。

“我最最可爱的欧仁妮，”我大声说，“你所说的这一切算什么呢？你的年龄比我大些，可那又怎么样？世俗的陈规陋习是那么愚蠢而荒唐。对那些像我们这样相爱的人来说，一年和一个小时到底有什么不同？你说我22岁，就算如此；其实你马上就可以说我已经23岁。而你自己呢，我亲爱的欧仁妮，你的年龄不过也只有……不过也只有……也只有……只有……”

说到这儿我稍稍有所停顿，希望拉朗德夫人会接过我的话头说出她的真实年龄。但一个法国女人对令人难堪的问题很少正面回答，她通常是以略施小计来作为答案。此时的欧仁妮就似乎在她的怀中搜寻着什么东西，不一会儿她把一幅微型画像掉在了草地上，我立即把画像拾起并递给她。

“留下吧！”她说，同时露出一个最令人销魂的微笑，“把它留下，为了我，为了其实不如画像漂亮的她。另外，在这个小玩意儿的背后，你也许正好能找到你似乎想知道的答案。诚然现在天色已黑，但你可以明天早晨有空的时候再看。同时，今晚你将护送我回去。我的一些朋友要举行一个小小的音乐会。我保证你能听到一些美妙的歌声。我们法国人不太像你们美国人这样拘泥形式，我把你作为老朋友偷偷带去不会有什么困难。”

说完她挽住了我的胳膊，我陪着她回到她的住处。那座公寓相当不错，而我认为陈设也非常高雅。不过对这后一点我几乎没有资格做出评判，因为我们进屋时天已完全黑下来，而在炎热的夏季，美国的高级公寓很少在一天中这最令人惬意的时刻点灯。虽说在我们进屋大约一小时之后，大客厅里点亮了一盏被遮暗的太阳灯，这使我能够看出那个房间布置得异常高雅甚至富丽堂皇，但套房里人们主要集聚的另外两个房间整个晚上都笼罩在一种舒适的阴暗之中。这是一种充满奇思异想的习俗，它至少可以让人去选择光明或者阴暗。我们来自大洋彼岸的朋友对此只能够入乡随俗。

这样的夜晚无疑是我一生中度过的最美妙的夜晚。拉朗德夫人并没有夸张她朋友们的音乐才能，我所听到的歌声是除了在维也纳之外我在私人音乐聚会上所听到的最优美的歌声。器乐演奏者不少，而且都是第一流的高手。歌唱者大多是女士，没有一位不唱得悦耳动听。最后随着一声不容拒绝的对“拉朗德夫人”的呼唤，她立即从我和她并排坐着的那张躺椅起身，毫不扭扭捏捏或假意推辞，由一两位先生和与她一道看歌剧的那位女士陪同，她走向大客厅里的那架钢琴。我倒真愿意陪她前去，但既然我是被悄悄引进那套房子，我觉得我最好是待在原处别惹人注意。就这样我被剥夺了看她唱歌的快乐，尽管没被剥夺听的权利。

她的歌唱给每个人造成的影响似乎都非常强烈，但给我留下的印象却是一种比强烈更甚的感觉。我不知该如何恰当地对这种感觉进行描述。毫无疑问，它多少起因于我正在受其影响的爱情，但更多的是由于我对歌唱者情感之热烈的确信。她无论是唱咏叹调还是宣叙调都用了一种比她本身的激情更热烈奔放的音调，这一点很难用艺术来解释。她唱《奥赛罗》时那种浪漫空灵的发音，以及她唱《凯普莱特和蒙太古》中“Sul mio sasso”这几个意大利字眼的声调，迄今还回旋在我的记忆中。她的低音令人完全不可思议。她的音域跨三个全八度，从女低音直到女高音，而尽管她的歌声足以响彻那不勒斯的圣卡洛歌剧院，可她仍然精益求精地处理好乐曲中的每一个难点，每一个或升或降的音阶，每一个终止式，或者每一个装饰音。在唱《梦游女》的终场曲时，她把下面的歌词唱出了一种出神入化的效果：

> 啊！没有人能够想象出
> 此时充溢我心中的满足。[1]

唱这句时她模仿马利布兰[2]，对贝利尼的原句进行了更改，以便把她的声音降至男高音声部，然后用一个飞快的过渡连升两个八度音程，突然从男高音声部升到女高音声部。

在这些奇迹般的演唱后她离开了钢琴，重新在我

1　语出意大利作曲家贝利尼歌剧《梦游女》（*La Sonnambula*，1831）第 3 幕第 10 场。

2　玛丽亚·马利布兰（Maria Malibran，1808—1836），西班牙著名女歌唱家。

身边坐下。这时我用最富深情的字眼向她表示了我对她演唱的喜欢。至于我的惊讶，我只字未提，尽管我实际上是惊讶万分，因为她与我谈话时所用的那种娇滴滴的声音，或准确地说是颤悠悠的声音，使我预料她在歌唱中不会表现出任何惊人的才华。

这下我俩久久地、真诚地、滔滔不绝并且毫无保留地交谈了起来。她让我讲了许多我早年生活的情况，而且对我讲的每一个字都凝神屏息地倾听。我什么也没有隐瞒，我觉得我没有权利辜负她的信任。被她在年龄这个微妙问题上的光明磊落所激励，我不仅坦坦荡荡地详细讲了我许多次要的不足之处，而且还痛痛快快地如实坦白了我道德上甚至生理上的一些弱点，这种需要极大勇气的自我暴露无疑正是爱情最有力的证明。我谈到了我大学时代的有失检点，谈到了我的放荡不羁，谈到了我的纵酒狂欢，谈到了我的欠账负债，还谈到了我的风流轻佻。我甚至谈到了曾使我受折磨的一次轻微的肺热咳，谈到了我曾一度患过的慢性风湿，谈到了我发过一次的遗传性痛风，而最后，我终于谈到了那令人不快、使人不便但迄今一直被小心掩饰的我的眼睛的近视。

“关于这最后一点，”拉朗德夫人笑盈盈地说，“你如实坦白显然不是明智之举，因为你要是不说，我认为当然就不会有人指责你这一错误的行为。顺便问一下，”她继续道，“你是否还记得，”这时我甚至在那个房间的昏暗之中也觉察到一团红晕清清楚楚地显现在她的脸上，“我亲爱的朋友，你是否还记得现在挂在我脖子上的这副小小的眼镜？”

她问话时手指捻弄着那副曾在歌剧院里使我大为震惊的双片眼镜。

“哦，当然！我完全记得。”我大声说，同时热烈地紧紧握住那只把眼镜递给我看的娇嫩的手。那副眼镜形如一件复杂而华丽的玩物，上有精美的微雕和金银线装饰，并镶有闪闪发光的珠宝，即便是在昏暗朦胧之中，我也不可能看不出它非常贵重。

“好吧！我的朋友，”她以一种令我感到相当惊奇的热诚真挚的口吻继续说，“好吧！我的朋友，你热切地恳求我给你一个你乐于称为无价之宝的许诺。你请求我明天就与你结婚。若是我答应你的请求，请允许我补充，这也是答应我自己内心的恳求，那我是否有资格向你提出一个小小的、一个很小很小的请求作为回报？”

“你提吧！”我欣喜若狂的声音大得差点儿引起一屋人的注意，而仅仅是因为那些人在场才阻止了我冲动地跪倒在她的脚边，“你提吧，我亲爱的，我的欧仁妮，我的心上人！提吧！但在你的请求提出之前我已经答应它了。”

“那么，我的朋友，”她说，“你将为了你所爱的那个欧仁妮而克服你刚才所承认的最后那个小小的弱点，那个与其说是生理上的还不如说是道德上的缺点。请允许我向你保证，这个缺点与你高贵的天性是那么不相称，与你坦荡的胸怀是如此不和谐，如果容忍它继续下去，那它迟早会使你陷入某种非常难堪的困境。为了我，你必须克服你刚才所承认的那种使你悄悄地或者说含蓄地否认你眼睛近视的虚伪做法。因为你否认这个弱点，实际上就是不愿采用有助于克服这一弱点的惯用手段。所以你应该明白，我是说我希望你戴上眼镜。嘘，别作声！你已经为我而答应戴上它了。你必须接受我手中这个小小的玩意儿，虽说这玩意儿对于视力很有帮助，但作为一件珍宝却并不贵重。你看，就这样稍稍调整一下，或这样调整，它就既可作为双片眼镜架在鼻梁上，又可以作为单片眼镜揣在背心口袋里。不过你答应的是用前一种方法，你已经为我而答应要习惯戴它。”

我非得承认吗？这个请求当时使我不知所措。但伴随着这一请求的那种情况当然容不得我有半点犹豫。

“行！”我高声答应道，尽量鼓起我当时能鼓起的全部热情，“行！我非常乐意接受！为了你我愿献出每一份感情。今晚我把这可爱的眼镜作为单片镜戴在我胸上，但等明天早晨曙光初露，待我能有幸把你称为妻子，我就将把它戴在……戴在我的鼻梁上，而且以后我将永远戴着它，以这种不那么风流、不那么时髦但肯定是你所希望的更有益的方式。”

接着我们的话题转到了明天的细节安排。我从我未婚妻口中得知塔尔博特刚刚回城。我必须马上去见他并准备一辆马车。这个音乐聚会要凌晨两点方能结束，届时那辆马车会停在门口，趁着客人们告辞的那阵混乱，拉朗德夫人能轻易地钻进马车而不被人注意。接着我们将去一位正等着我们的牧师家，在那儿举行婚礼，留下塔尔博特，然后我俩将去东部做一次短途旅行，把那个上流时髦社会丢在身后，让他们对这事爱说什么就说什么。

安排好这一切之后，我马上离开那个公寓去找塔尔博特，但半路上我忍不住拐进了一家旅馆，为的是好好看看那幅微型画像，而我看画像时借助了那副很有效力的眼镜。画像上的那副容貌真美得超凡绝伦！那又大又亮的眼睛！那端庄挺秀的鼻子！那乌黑美丽的鬈发！“啊！”我欣喜若狂地自言自语道，“真画得和我的心上人一模一样！”我翻转画像，发现背面写着这些字："欧仁妮·拉朗德，27岁零7个月。"

我找到了塔尔博特，并马上告诉他我的好运。当然他承认他感到大吃一惊，但很真诚地向我表示了祝贺，并尽力向我提供一切帮助。总之，我们不折不扣地实施了我们的安排。而在凌晨2点钟之时，那个音乐聚会刚结束10分钟后，我发现我已经和拉朗德夫人，我应该说和辛普森夫人，坐在了一辆有篷的马车里，马车飞快地出了城，朝东北偏北的方向驶去。

塔尔博特已经为我们做出了决定，因为我们将通夜兼程北上，所以我们应该把离城约20英里的C村作为第一站，在那儿吃顿早饭并稍微休息一会儿，然后继续赶路。因此在凌晨4点，马车停在了C村客栈门外。我把我敬慕的妻子扶下马车，并且马上要了早餐。同时我俩被引进一间小厅坐下。

当时即使说不上是白天，但也接近天亮，而当我神魂颠倒地凝视我身边那位天使之时，我才突然第一次想到，自从我知道拉朗德夫人誉满天下的美貌以来，我这实际上还是头一次能在白天并在近处欣赏她的美貌。

"现在，我的朋友，"她拉住我的手说，打断了我的遐思，"现在，我亲爱的朋友，既然我们已结合在一起，既然我已经答应了你热切的请求，履行了我俩协议中我的义务，我相信你没有忘记你也有一份小小的义务要履行，一个你想要遵守的诺言。啊！让我想想！让我回忆一下！对啦，我轻而易举地就记起了你说的每一个字，你昨晚对欧仁妮许下的可贵的诺言。你听！你是这样说的：‘行！我非常乐意接受！为了你我愿献出每一份感情。今晚我把这可爱的眼镜作为单片镜戴在我胸上，但等明天早晨曙光初露，待我能有幸把你称为妻子，我就将把它戴在……戴在我的鼻梁上，而且以后我将永远戴着它，以这种不那么风流、不那么时髦但却肯定是你所希望的更有益的方式。’这些是你的原话，我心爱的丈夫，难道不是这样？”

“是这样，”我说，“你记性真好。而毫无疑问，我美丽的欧仁妮，我绝对无意逃避履行这番话中所包含的那个小小的诺言。你瞧！你看！刚好合适，相当合适，不是吗？”说话之间我早取出眼镜并把它调整成普通的形状，小心翼翼地戴在了恰当的位置。而辛普森夫人则整了整帽子，交叉起双臂，突然坐得端端正正，以一种多少有几分拘谨而古板的姿势，实际上是以一种多少有损尊严的姿势。

“天哪！”眼镜框刚一架上我的鼻梁我就尖声惊叫，“天哪！我的天哪！这副眼镜到底是怎么回事？”我飞快地取下眼镜，用一块丝织手绢仔细地擦拭镜片，然后把它重新戴上。

但是，如果说第一次发生的事让我吃惊，那这第二次吃惊就变成了震惊。而这种震惊是那么深切，那么强烈，实际上请允许我说是那么可怕。这究竟是怎么回事？我难道能相信自己的眼睛？我能吗？这正是问题。那难道是……难道是……难道是胭脂？而那些难道……难道……难道是欧仁妮·拉朗德脸上的皱纹？哦，爱神啊！还有每一个男神女神大神小神！她……她……她的牙齿是怎么啦？我猛然把那副眼镜狠狠摔到地上，一跃而起站到屋子中央，双手叉腰、龇牙咧嘴、暴跳如雷地面对辛普森夫人，但与此同时我却一句话也说不出来，惊恐和盛怒使我不知所措。

我前面已经说过，欧仁妮·拉朗德夫人，也就是辛普森夫人，讲的英语并不比她写的英语更好，因此在一般场合她都非常得体地不试图用英语进行交谈。但愤怒往往会把女人引向任何极端，而它当时就使辛普森夫人采取了一个惊人的极端行为，她竟然试图用一门她并不完全通晓的语言来进行对话。

“嘿，先生，”她以一种显而易见的惊讶神情把我打量了一阵后说，“嘿，先生！这下怎么办？出了什么事？你跳的是不是圣维图斯舞[1]？要是不喜欢我，为什

1 一种神经错乱症，因其医治人西西里的殉道者圣维图斯（约公元 4 世纪）而得名。

么你要隔着袋子买猫？”

“你这个卑鄙的女人！”我喘着粗气骂道，“你……你……你这个可恶的老巫婆！”

“巫婆？老？我毕竟还不算很老，我只不过82岁，一天也不多。”

“82岁！”我惊呼道，同时踉踉跄跄地退到墙边，“你这只8200岁的老狒狒！画像上说的是27岁零7个月！”

“啊！真是那样！一点不错，但那张像是55年前画的。在我同第二任丈夫拉朗德先生结婚的时候，我请人画了那张像，送给我和第一任丈夫穆瓦萨尔生的女儿。”

“穆瓦萨尔！”我重复道。

“是的，穆瓦萨尔，穆瓦萨尔。”她模仿着我其实并非最好的发音说，“那又怎么样？你对穆瓦萨尔知道些什么？”

“没什么，你这个老怪物！我对她完全一无所知。只是我有个祖先曾姓那个姓，很久以前。”

“那个姓！你为什么说姓那个姓？那是一个很体面的姓。瓦萨尔也一样，那也是一个很体面的姓。我的女儿，穆瓦萨尔小姐，她嫁给了一位瓦萨尔先生，而瓦萨尔是一个非常体面的姓。”

“穆瓦萨尔！还有瓦萨尔！”我惊问道，“你到底想说些什么？”

“我想说什么？我想说穆瓦萨尔和瓦萨尔。而就此来说，我还想说克鲁瓦萨尔和弗鲁瓦萨尔，如果我觉得这样说恰当的话。我女儿的女儿，瓦萨尔小姐，她嫁给了克鲁瓦萨尔先生，后来，我女儿的外孙女，克鲁瓦萨尔小姐，她嫁给了弗鲁瓦萨尔先生，而我认为你会说，那不是一个体面的姓。”

“弗鲁瓦萨尔！”这下我开始变得有气无力，“嘿，你肯定不是在说穆瓦萨尔、瓦萨尔、克鲁瓦萨尔和弗鲁瓦萨尔吧？”

“我正是在说这个，”她回答道，把身子完全靠在椅背上，把两条腿完全伸直，“我是在说穆瓦萨尔、瓦萨尔、克鲁瓦萨尔和弗鲁瓦萨尔。但弗鲁瓦萨尔先生是一个你们所说的那种笨蛋，他像你一样是一头蠢驴，他离开美丽的法兰西来到了这个愚蠢的亚美利加，而当他来这儿的时候，他有一个非常笨、一个非常非常笨的儿子。我听说是这样，尽管我还未能有幸遇到他，不管是我还是我的同伴斯特凡妮·拉朗德夫人都没遇到过他。他的名字是拿破仑·波拿巴·弗鲁瓦萨尔，而我认为你会说那也不是一个很体面的名字。”

无论是这番话的长度还是内容都足以使辛普森夫人非同寻常地激情迸发。很费力地讲完那番话后，她就像中了魔似的突然从椅子上跳起，她那有撑架的长裙完全展开，落地时罩住了整个地板。一旦站定身子，她咬牙切齿，挥舞双臂，卷起衣袖，在我面前晃动着拳头，随之一把揭下头上的帽子，连同一头浓密、漂亮、乌黑而且很值钱的假发，然后大吼一声把帽子假发狠狠扔在地上，并歇斯底里地在上面跳起了一曲西班牙舞。

与此同时我惊得一下坐进了她空出来的那把椅子。"穆瓦萨尔和瓦萨尔！"当她跳出一个鸽子拍翅舞步时我若有所思地重复道，"克鲁瓦萨尔和弗鲁瓦萨尔！"当她完成另一个舞步时我若有所悟地喃喃道，"穆瓦萨尔、瓦萨尔、克鲁瓦萨尔，还有拿破仑·波拿巴·弗鲁瓦萨尔！嘿，你这个不可言喻的恶魔，那就是我！那就是我！你听到了吗？那就是我！"这时我用最大的嗓门呼喊道，"那——就——是——我！我就是拿破仑·波拿巴·弗鲁瓦萨尔！我真不该同我的太外祖母结婚，我真希望我能永远昏头昏脑！"

欧仁妮·拉朗德夫人，准辛普森夫人，从前的穆瓦萨尔夫人，的的确确是我的太外祖母。她年轻时非常漂亮，即使在 82 岁的高龄也还依然保持着她少女时代端庄颀长的身材、头部清晰的轮廓、又大又亮的眼睛和典雅挺秀的鼻子。凭借着那些珍珠粉、胭脂、假发、假牙和假胸垫，以及巴黎做时髦女装的一流裁缝，她竟然在法国都市那些风韵犹存的美人堆里体面地占有一席之地。在这一点上，她确实可以被认为与那位大名鼎鼎的尼农·德朗克洛相差无几。

她非常富有，第二次成为寡妇时没留下孩子，于是她想到了在美国的我。她为了让我成为她的继承人而前来美国，陪伴她的是她第二任丈夫的一名远亲，美貌绝伦的斯特凡妮·拉朗德夫人。

那天在歌剧院，我太外祖母的注意力被我的凝视所吸引。在用眼镜对我打量一番之后，我与她相貌上的某种相似给她留下了印象。她由此而产生兴趣，加之她知道她寻找的继承人实际上就在这座城市，于是她向同伴打听我的情况。陪她的那位先生认识我，并告诉了她我是谁。这消息使她再次对我细细打量，而正是这次打量鼓起了我的勇气，使我干出了已经讲过的那番荒唐事情。但她投桃报李地冲我点头是基于这样一种情况，她以为我已经偶然发现了她的身份。我的近视和女人的化妆艺术使我对那位陌生女士的年龄和魅力产生了错误的印象，当我那么热切地向塔尔博特打听她是谁时，他当然以为我是在问那位年轻的美人，所以便实事求是地告诉我她是“大名鼎鼎的寡妇，拉朗德夫人”。

第二天上午，我太外祖母在街上遇见了塔尔博特这个巴黎老相识，他们的谈话自然而然地转到了我身上。塔尔博特就在那时解释了我的近视，因为我这个缺陷早已人人皆知，尽管对人人皆知这一事实我还完全被蒙在鼓里。我太外祖母十分恼怒地发现她上了当，原来我并不知道她的身份，而只是在剧院里丢人现眼，向一个陌生的老太婆表白爱情。为了惩罚我这一轻浮之举，她和塔尔博特设下了一个圈套。塔尔博特故意避开了我，以免为我正式引见。我在街上打听“美丽的寡妇拉朗德夫人”，当然被人认为是在询问那位更年轻的夫人，所以我离开塔尔博特下榻的旅馆后与碰到的那三位先生的谈话并不难理解，他们在小调中唱到尼农·德朗克洛也很容易解释。我一直没有机会在白天于近处看到拉朗德夫人，而在她那个音乐聚会上，我拒绝戴眼镜的愚蠢做法实际上阻止了我发现她的真实年龄。当人们呼唤“拉朗德夫人”演唱时，显然指的是更年轻的那位，而且也正是她起身去客厅演唱。为了进一步迷惑我，我的太外祖母也同时站了起来，陪她一道走向客厅的钢琴。如果当时我决定陪她前去，那她一定会胸有成竹地建议我最好待在原处，可我自己的小心谨慎使这一点也成了没有必要。那令我赞叹不已的歌声，那使我对我情人的青春活力确信无疑的歌声，实际上是由斯特凡妮·拉朗德夫人唱出。她赠送那副眼镜其实是作为对我自欺欺人的责备，是对我掩目捕雀的嘲讽。送我眼镜为教训我的弄虚作假提供了一个机会，而我已经因此受到了深刻的教育。我几乎没有必要画蛇添足地补充这点，我太外祖母所戴的那副眼镜早已被她调换了两块更适合我这个年龄的镜片。我戴上那副眼镜刚好合适。

那位仅仅是假装为我们主持婚礼的牧师原来是塔尔博特的好友，而并非什么神职人员。不过他倒是一名出色的“马车夫”。在脱下教服而换上大衣后，是他驾那辆载着“新婚夫妇”的马车出了城。当时塔尔博特就坐在他身边。那两条恶棍就这样到了事情结束的现场，并通过客栈后厅一扇半开的窗户，津津有味且忍俊不禁地目睹了那场戏的收场。我认为我将不得不与他俩决斗。

不过我现在并非我太外祖母的丈夫，一想到这点我就感到无限欣慰。但我现在是拉朗德夫人的丈夫，斯特凡妮·拉朗德夫人的丈夫；我太外祖母生前（如果她真会去世的话）不仅让我成了她唯一的继承人，而且还费心张罗了我与斯特凡妮的婚姻。总之，我现在永远与情书断了缘分，我现在永远与眼镜形影不离。

气球骗局[1]

来自《快报》诺福克的惊人消息！三天跨越大西洋！蒙克·梅森先生的飞行器获巨大成功！梅森先生、罗伯特·霍兰先生、亨森先生、哈里森·安斯沃思先生及另外四人乘有舵气球“维多利亚号”，经 75 小时越洋飞行，抵达南卡罗来纳州查尔斯顿附近的沙利文岛！越洋飞行大纪实！

这篇冠以上述大字标题并精心点缀溢美之词的妙文，最初实际上是发表在纽约的一家日报《纽约太阳报》上。它当时完全造成了这样一种效果，那就是在查尔斯顿送出两个邮袋之间的几个小时内为那些爱道听途说的人创造了一份难以消化的美餐。购“独家消息”

1 1844 年，爱伦·坡虚构了这篇假新闻投稿至《纽约太阳报》，翔实的细节和“科学的”论证使它以假乱真，引起了轰动，许多知名媒体争相刊载。

的人趋之若鹜，其场面甚至比消息本身还惊人。而事实上（正如有人断言），即使“维多利亚号”压根儿就没有完成所记载的飞行，那要为它找一个为何未完成的原因还颇伤脑筋。

这个重要的问题终于被解决！除了陆地和海洋，天空也已经被科学征服，并将成为人类一条普通而便利的通道。人类已乘气球实实在在地越过大西洋！而且这次跨越轻而易举，没有遇上任何很明显的危险，飞行器始终在控制之下，并且从彼岸到此岸只用了令人难以置信的短短75小时！凭着本报在南卡罗来纳查尔斯顿的一名代理人的努力，我们得以首家向公众提供这次非凡航行的详细报道。此次航行始于本月6日星期六上午11点，终于本月9日星期二下午2点。参加这次航行的有埃弗拉德·布林赫斯特爵士、本廷克勋爵的侄子奥斯本先生、著名气球驾驶员蒙克·梅森先生和罗伯特·霍兰先生、《杰克·谢泼德》等书之作者哈里森·安斯沃思先生、最近失败的那个飞行器设计者亨森先生，加上两名来自“伍利芝号”的水手，共计八人。以下报道之每一细节均可靠而准确，因为除了一点小小的例外，其余内容都一字不差地抄自蒙克·梅森先生和哈里森·安斯沃思先生的联合日记。

这二位先生还彬彬有礼地向我们的代理人口述了许多关于气球本身及其构造的知识，并介绍了其他一些重要情况。我们对来稿所做的唯一改动就是把本报代理人福赛斯先生的急就章变成了通顺易懂的文字。

气　球

最近两次非常明显的失败（亨森先生和乔治·凯利爵士的失败）已经大大降低了公众对空中航行这门学科的兴趣。亨森先生那个（一开始连科学家们都认为切实可行的）设计所依据的是斜面原理，飞行器凭借外力从一高处起飞，再凭靠空气冲动的叶片旋转保持动力，气冲叶片的数量和形状都像一架风车的转翼。但在所有于阿德莱德跳台进行的模型试验中，均发现这些扇叶的转动非但不能推动飞行器，实际上反而阻碍其飞行。飞行器所显示出来的唯一推进力只是斜面的下降所产生的动力。这种动力在叶片静止时比在叶片运动时更能把飞行器带到稍远一点的地方，这一事实充分证明这些叶片完全无用。而失去了同时又作为支持力的推进力，整个飞行器必然会坠落。正是这个重要事实才使乔治·凯利爵士想到了把一个推进器装于某种本身就具有承载能力的飞行器上，也就是说，把推进器装于气球上。不过乔治爵士的这个想法只有在考虑其付诸实践的方式时才能被视为新颖，或者说别出心裁。他在工艺学院展示了他这项发明的一个模型。推进原理或动力原理同样被运用于该模型的分瓣翼面，或者说叶片，使其旋转。这些叶片共有四瓣，但被发现完全无助于推动气球，也无助于气球本身的升力。所以整个设计是一个彻底的失败。正是在这个时候，曾因于1837年驾“拿骚号”气球从多佛尔飞至魏尔堡而引起过轰动的蒙克·梅森先生想到了用阿基米德螺旋原理来从空气中获得推进力。他不无道理地将亨森先生和乔治·凯利爵士的失败归因于翼面被分断成为单块的叶片。他的第一次公开试验在威利斯实验室进行，但后来他把试验模型搬到了阿德莱德跳台。

同乔治·凯利爵士的气球一样，他的气球也是椭圆形。其长度为13英尺6英寸，高度为6英尺8英寸。该试验气球能容纳320立方英尺气体，如果充纯氢气，刚充完气后，也就是在气体尚未消耗或漏掉之前，能吊起21磅的重量。整个飞行器及其设备的重量是17磅，大约余下4磅承载能力。气囊的正下方是一个轻木料做的骨架结构，其长度为9英尺，以通常的方式用一个索网系于气囊本体。从这个骨架结构悬吊着一个柳条筐，或称吊舱。

螺旋装置有一根18英寸长的空心铜管轴，一组钢线辐条按15度倾斜半螺线穿过轴心，辐条均为2英尺长，这样在轴的两端各伸出一部分。这些辐条在其伸出的两端处被连接于两个扁平金属线环箍。这一切就以这种方式构成了这个螺旋装置结构，另外再蒙上一块剪出许多三角形边的油布面罩，绷紧的面罩大致呈现与螺旋形状相同的表面。这个螺旋的轴的两端分别由从环箍向下的空心铜管柱支撑。这些铜管柱的下端便是螺旋柱各支枢旋转的孔眼。从螺旋轴靠近吊舱的一端伸出钢制传动轴，该轴把螺旋装置与固定在吊舱的一个发条装置的齿杆连接在一起。靠这个发条装置的作用，螺旋装置能以极快的速度旋转，从而使整个飞行装置向前运动。凭着舵的操纵，飞行器很容易转换任何方向。与其体积相比，这个发条装置的动力可谓巨大，一个直径4英寸的圆筒拧上第一圈后就能产生45磅拉力，随着发条拧紧，拉力也逐渐增加。它本身重量共计8磅零6盎司。方向舵是用外罩油绸的木棍做成的一个轻巧结构，形状有点像一柄勺子，大约有3英尺长，最宽处有1英尺。它的重量约为2盎司。方向舵可平置，也可上下左右任意转动，这样便使气球驾驶员能够把在飞行中必须使其处于倾斜位置的空气阻力改变到他所希望的任何一边，从而从相反的方向限定气球。

这个模型（由于时间关系，我们对其只能这样大致描述）在阿德莱德跳台被投入试飞，并成功地达到了每小时5英里的航速。尽管说来奇怪，与亨森先生前不久那个复杂的飞行器相比，这个模型并没引起公众多大的兴趣，因为世人是如此毅然决然地藐视任何模样看上去简单的东西。人们普遍认为，要实现迫切需要的空中航行，就必然要运用某种异常深奥的动力学原理来造出某种格外复杂的飞行器。

然而，梅森先生坚信他的发明将获得最后成功。他决定一有可能就马上建造一个容量够大的气球，用一次远距离航行来证明这个问题。最初的计划是像上次驾驶“拿骚号”一样飞越英吉利海峡。为了实现他的愿望，他请求并获得了埃弗拉德·布林赫斯特爵士和奥斯本先生的资助。这两位先生因他们在科学方面的学识而闻名，尤其是众人皆知他们对浮空器操纵术的发展所显示出来的兴趣。应奥斯本先生的请求，这项计划完全对公众保密，知道这一计划的人实际上仅仅只有参加该飞行器建造的那些人。在梅森先生、霍兰先生、埃弗拉德·布林赫斯特爵士和奥斯本先生的监督下，该飞行器在威尔士彭斯特拉索尔附近奥斯本先生的别墅建造。亨森先生由他的朋友安斯沃思先生陪伴，于上个星期六被允许目睹了气球，当时这二位绅士最终商定参加这次冒险行动。关于两名水手也被纳入探险者行列的原委，本报目前尚不得而知，但在一两天内，本报将让读者了解到这次非凡航行的有关细节。

气球用涂了一层橡胶的绸布制成。其气体容积超过了 4 万立方英尺，但由于用煤气取代了更加昂贵且不便控制的氢气，气囊刚充满气后，飞行器的承载能力不超过 2500 磅。煤气不仅价格便宜得多，而且容易生产和控制。

煤气被普遍用于浮空技术领域，为此我们得感激查尔斯·格林先生[1]。在他的这一发现之前，为气球充气不仅昂贵，而且不可靠。当时人们经常白白地花上两天甚至三天来制造足以充满一个气球的氢气，因为氢元素活泼，与周围大气有很强的亲和力，很容易从气囊中漏掉。在一个密封性能足以使充入的煤气在六个月中保持纯度和体积不变的气囊中，同等量的氢气按同样的要求连六个星期也不能保持。

飞行器的承载能力估计为 2500 磅，而乘员的总重量只有 1200 磅左右，剩余的 1300 磅中又有 1200 磅被

---

1 查尔斯·格林（Charles Green，1785—1870），英国气球飞行家，曾于 1836 年驾气球从伦敦飞到德国的魏尔堡，航程达 770 公里。

压舱物和其他物品消耗。压舱物是一些大小不等的沙袋，沙袋上标有各自的重量。其他的物品有绳索、气压表、望远镜、装有半个月给养的桶、一些水桶、斗篷、毛毡旅行袋和各种各样其他必需品，包括一个设计用熟石灰来热咖啡的壶，以完全避免在飞行器上用火，断然消除用火危险。除了压舱物之外，所有这些物品和其他一些小东西都被悬挂在头顶的环箍上。吊舱按比例来说比模型吊舱小得多也轻得多。它用轻柳条编成，对于看上去那么脆弱的一个飞行器来说，它显得极为结实。吊舱的边框约 4 英尺高。方向舵按其比例则比模型的大得多，而螺旋装置相应要小些。此外气球上还备有一个小锚和一根导绳，而后者具有最必不可少之重要性。在此有必要多说几句，为不熟悉浮空器操作术细节的读者做点解释说明。

气球一旦离开地面，便受到许多势必会改变其重量的因素的影响，从而增加或减少它的升力。譬如说凝集在气囊上的露水甚至可达数百磅重，这时就必须扔压舱沙袋，不然气球就会下降。抛掉压舱物之后，当阳光蒸发掉露水并同时使气囊中的气体膨胀之时，整个飞行器又会急速上升。要控制这种上升，唯一的办法就是（准确地说在格林先生发明导绳之前曾是）通过阀门放气。但气球损失气体也就是相应地损失其升力，所以在比较短的一段时间内，密封性能最好的气球也必然会因耗尽气囊中的气体而返回地面。这曾是气球远距离飞行的最大障碍。

导绳以可以想象的最简单方式克服了这一障碍。它只是一根从吊舱垂下的很长的绳子，而它的作用却是阻止气球在飞行时产生任何实质性的变化。比如当气囊上凝集了露水，气球因此而开始下降，此时就不必靠扔压舱物来抵消增加的重量，因为增加的重量已被按其需要的长度而放到地面上的导绳按正好相等的比例所抵消，或者说平衡。反之，无论什么因素使气球重量过轻并因此而上升，这种过轻马上就会被从地上收回导绳所增加的重量抵消。这样，除了在一个非常有限的范围内，气球既不会上升也不会下降，而它的资源，无论是气体还是沙袋，都会相对地没有减少。当飞越大面积水域时，有必要使用一些铜制或木制的小桶，桶内装满比重比水轻的液体。这些浮桶所起的作用和导绳在陆地上所起的作用相同。导绳另一个很重要的功能就是指示气球的方向，只要气球升空，无论在陆地或海洋的上方，导绳总是拖曳在下，所以气球有任何飘动，都将会处于导绳的前方，因此用指南针再比较两者的相应位置，就总能测出气球的航向。同样，导绳与气球纵坐标轴形成的夹角指示出气球的速度。当角度为零时，换句话说就是当导绳垂直悬吊时，整个气球静止不动；而角度越大，也就是说气球先于导绳末端的位置越是向前，速度就越快，反之则越慢。

由于原定计划是飞越英吉利海峡，降落地点是尽可能靠近巴黎，所以探险者们预先准备好了出入欧洲大陆各国的护照，像“拿骚号”飞行那次一样说明了探险的性质，使探险者们有权免于通常的正式手续，但意想不到的事变使这些护照成了多余。

本月6日，星期六，早晨天刚破晓，在威尔士北部离彭斯特拉索尔约1英里处，在奥斯本先生的别墅威尔沃尔庄园的庭院中，充气非常迅速地开始。11点07分，万事俱备，气球解缆离开地面，渐渐地但稳定地朝偏南方向飘升。开始半个小时，螺旋装置和方向舵均未使用。本报随即将根据福赛斯先生抄写的蒙克·梅森先生和安斯沃思先生的联合日记，继续向公众报道此次航行。正如已知的那样，日记的主体部分由梅森先生执笔，每天增加的附记则由安斯沃思先生完成，该日记正在编辑中，不久就将为公众提供一个更为详细，而且无疑也会更引人入胜的关于此次航行的报道。

日　记

4月6日，星期六。每一件有可能给我们造成麻烦的准备工作都已在夜间完成，今晨天刚破晓我们就开始充气，但由于一场弥漫于气囊皱褶并使之难以控制的大雾，充气工作将近11点才完成。随之解缆升空，大家兴高采烈。上升缓慢但稳定，一阵偏北微风把我们吹向英吉利海峡方向。发现升力比我们预料的更大，随着我们升高避开了悬崖峭壁，更多地处在阳光之中，我们的上升变得非常迅速。但我并不希望探险刚一开始就损失煤气，所以决定暂且继续上升。我们的导绳很快就已够不着地面，不过即使我们刚才把它完全收离地面之时，我们仍然在急速上升。气球异常平稳，看上去非常漂亮。离开地面大约10分钟后，气压表显示出15000英尺的高度。天气特别晴朗，下面的山岭原野显得格外壮丽，从任何角度看下去都是一幅富于浪漫色彩的图画。数不清的深峡幽谷由于充满了浓云密雾，看起来好像一个个平湖，而东南方那些重重叠叠、犬牙交错的绝顶巉崖，看上去好像一座座东方传说中的城市。我们正迅速接近南方的山脉，不过我们的高度已远远超过安全飞越大山的需要。几分钟后，我们优雅地翱翔于群山之上，安斯沃思先生和两名水手都惊于从吊舱看下去大山显然缺乏高度，惊于气球超乎寻常的上升趋势使脚下峰峦起伏的地面看上去几乎像是一马平川。11点半，在继续偏南的飘行中，我们第一眼望见了布里斯托尔湾。15分钟之后，海岸的浪花线直接出现在我们身下，我们已完全飘到海上。这时我们决定放掉适量气体，使系有浮桶的导绳接触水面。这一决定立即被执行，我们开始慢慢下降。20分钟后第一个浮桶触水，随着不久后第二个浮桶也触水，我们的高度开始保持不变。这下我们都急于试一试方向舵和螺旋装置的功效，于是立即把两者都投入使用，以期使飘飞方向更加偏东，与巴黎形成一条直线。借助于方向舵，我们马上就达到了改变方向的目的，使我们的航向和风向几乎形成了直角。这时我们让螺旋发条开始运动，并欣喜地发现它如期望的一样轻易地产生出推力。我们为此欢呼了几声，随之把一个密封有一张羊皮纸的瓶子抛入了大海，羊皮纸上简略叙述了这项发明的原理。然而，我们的欢呼声刚刚消失，就发生了一起令我们大为泄气的意外事故。（由于我们带上的两名水手中的一位在舱内移动，引起吊舱倾斜）那根连接发条装置和螺旋推进器的钢轴靠吊舱的一端被猛然扔出，一时间完全脱离了螺旋的旋转轴而悬空挂着。当我们集中全部注意力，正努力使那根钢轴归位时，气球被卷入了一股从东面吹来的强风，这股风以不断增加的极快速度把我们吹向大西洋。我们很快就发现自己正以肯定每小时不低于五六十英里的速度被刮出海湾，结果待我们固定好钢轴并有时间来思考该如何办时，我们已来到离北边的克利尔角大约40英里的海面上。就是在这个时候，安斯沃思先生提出了一个令人吃惊但在我看来并非毫无道理或异想天开的建议，并立即得到了霍兰先生的支持。他的建议是：我们应该利用这股强风，放弃逆风飞往巴黎的计划，做一次直达北美海岸的尝试。我略为思忖之后便欣然同意了这个大胆的提议，（说来也奇怪）反对这一建议的只有那两名水手。但由于我们是多数，所以压倒了他俩的恐惧，坚决地保持了我们的航向。我们朝正西方飘行，但由于浮桶的拖曳实际上阻碍了行进，加之我们已完全控制了气球的升降，于是我们先抛掉了50磅压舱物，然后（用一个绞盘）把导绳完全收离了水面。我们发现这一措施立即生效，大大地加快了前进的速度。随着风力的加强，我们飞行的速度简直难以想象，拖曳在吊舱后面的导绳就像船上的一根飘带。不消说，我们眨眼工夫就再也看不见海岸。我们从许许多多的各型船只上方飞过，一些船只正奋力逆风前进，但大多数都收帆停船。我们为每艘船都带来了一阵兴奋激动，这种激动使我们感到非常快活，尤其使我们的两名水手振奋，此时他俩在少许杜松子酒的作用下，似乎已决定让顾虑或恐惧都随风而去。许多船只为我们鸣响了号炮，而所有的船只都以欢呼呐喊向我们致意（这些呼喊声我们听起来出人意料地清晰），并向我们挥舞水手帽和手巾。白天我们一直以这种方式前进，没出现任何意外情况，而当夜幕在我们周围合拢之时，我们粗略地估计了一下一天的航程。我们飘过的距离不会少于500英里，而且很可能更多。推进器一直处于运转状态，这无疑大大地有助于我们的前进。随着夕阳西沉，疾风变成了一场真正的飓风，由于磷光现象，我们身下的洋面清晰可见。整整一夜风都从东方吹来，给予了我们最灿烂的成功预兆。寒冷使我们尝到了苦头，空气的潮湿也令人极不好受，不过吊舱里有足够的空间让我们能躺下，凑合着斗篷和几条毯子，我们总算还可以对付。

附记（由安斯沃思先生执笔）。刚过去的九个小时无疑是我一生最激动的时刻。我无法想象还有什么事能比这样一次惊险而新奇的冒险活动更使人得以升华。愿上帝保佑我们成功！我祈求成功并非为了我个人微不足道的生命安全，而是为了人类知识，为了这一成功的深远意义。但没想到建立这一功绩却是如此明显地可能，以至我唯一的惊叹就是在此之前人们为何一直顾虑重重，不敢一试。只需要眼下帮助我们的这样一场大风，假设这样的一场风把一只气球向前刮四五天（这些风常常持续更久），那从此岸到彼岸的越洋飞行就可以轻易成功。对于这样一场疾风来说，浩瀚的大西洋不过是一个湖。此刻，给我印象最深的现象莫过于笼罩着下面大海的无以复加的寂静，尽管此时的大海正波涛汹涌。波涛的声音天上一点儿也听不见。辽阔无边的大海毫无怨言地扭曲翻滚。小山般的巨浪使人想到无数哑然无声的巨魔徒然地在痛苦中挣扎。对我来说，一个人活上这么一个销魂荡魄的夜晚，胜过庸庸碌碌地活上一个世纪。我不愿为平平淡淡的一百年而放弃这份狂喜。

7日，星期日（梅森先生执笔）。今晨风速由10节降低到八九节（对海面船只而言），也许每小时把我们往前送30英里或多一点。但风向已大大偏北。此刻，在夕阳西下的时分，我们主要靠螺旋和舵保持着正西航向，它们的功能都发挥得极好。我认为设计完全成功，任意朝任何方向（除正面逆风之外）的空中航行从此再也不成为问题。我们不能迎面抗拒昨天那样的大风，但如果必要，我们可以凭升高而摆脱其影响。至于面对一般的强风，我确信我们能凭着推进器保持自己的航向。今天中午曾靠抛压舱物上升到约 25000 英尺的高空。那样做的目的是想寻找更偏西的气流，但高空并没有发现比我们此刻正处于其中的更有利的风向。即便这次航行会延续三个星期，我们也有足够的煤气飞越这个小小的池塘。我对航行结果没有丝毫担忧。困难一直被不可思议地夸张和误解。我现在能选择气流，而即使我发现所有气流都是逆向，我也可以凭推进器保持一种还算过得去的行进。我们迄今未遇上任何值得记录的事变。今晚天气可望晴朗。

附记（由安斯沃思先生执笔）。我没有多少补充，除了那个（对我来说非常出人意外的）事实：在相当于科托帕希火山[1]海拔的高度，我既没有感到很冷，也没有感到头痛或呼吸困难。我还发现梅森先生、霍兰先生和埃弗拉德爵士都没有什么异常反应。奥斯本先生诉说过胸闷，但这种感觉很快就消失。白天我们一直以极快的速度飞行，我们现在肯定已经飘过了半个大西洋。我们曾越过二三十艘各种类型的船只，似乎船上的所有人都又惊又喜。乘气球飞越大洋压根儿不是一桩千难万险的业绩。未知之事总被视为宏伟之举。备忘：在 25000 英尺的高度，天空看上去几乎一团漆

1　该火山位于厄瓜多尔，高度为 5897 米。

黑，星星清晰可见，同时海面并不（像人们想象的那样）呈凸面，而是绝对地并且非常明显地呈现凹面[1]。

8日，星期一（梅森先生执笔）。今晨推进器的传动钢轴又给我们添了点麻烦。该轴务必彻底改造，以免造成重大事故。我说的是那根钢轴，不是螺旋翼。后者不可能再被改进。整个白天一直刮着稳定而强劲的东北风，迄今为止命运似乎一直对我们很关照。刚要天亮之前，我们所有人都多多少少感到过一阵惊恐，当时气囊里发出奇怪的声音并一阵震动，整个飞行器随之明显地往下一沉。这些现象的原因是，由于大气的温度上升，引起气囊里的煤气膨胀，结果崩裂了夜间凝结在骨网架表面的冰粒。朝下面过往的船只抛下过几个瓶子。看见其中一个被一艘大船捞起，从外观看，那船好像是一艘纽约的定期邮轮。力图辨认出船名，但未能弄清。奥斯本先生的望远镜辨认出似乎是"亚

1 安斯沃思先生没有试图说明这一现象，但这种现象完全能够解释。从25000英尺高处画一直线垂直于地面（或海面），这条直线可形成一个直角三角形的高，该直角三角形的底边从直角顶点延伸至地平线，其斜边则从地平线延伸至气球。但与视线所及的距离相比，25000英尺的高度微不足道或几乎为零。换言之，与这个假设的三角形的高相比，其底边和斜边的长度长得几乎可以被看成是两条平行的直线。在这种情况下，气球驾驶员眼中的地平线看上去似乎与吊舱处于同一水平线上。但由于垂直于他身下的那个点看上去（而且实际上）隔一段很长的距离，因此这个点看上去当然也就远远低于地平线。凹面的印象由此产生，只有当这个高度与视线的距离成比例大大向上延伸，直到底边和斜边视觉上的平行完全消失，这种凹面的印象才会随之消失，此时地球真正的凸面就肯定会显露出来。——原注

特兰大号”。此刻是深夜12点，我们仍然以极快的速度朝偏西方向飞行。今夜海上的磷光格外灿烂。

附记（由安斯沃思先生执笔）。现在是凌晨2点，海上几乎风平浪静，这是据我所能做出的判断，但这一点很难断定，因为我们正乘风急速前行。自从离开威尔沃尔庄园后我就没睡过觉，但我现在再也支持不住了，我得打个盹儿。我们离美洲海岸不会很远了。

9日，星期二（安斯沃思先生执笔）。下午1点，我们清楚地看见了下方的南卡罗来纳海岸。这道巨大的难题终于被解决。我们已经越过大西洋，乘一个气球顺顺当当并轻轻松松地越过了大西洋！感谢上帝！从今以后谁还能说有什么事不可能？

★ ★ ★ ★ ★

日记到此结束。但安斯沃思先生对福赛斯先生讲述了一些着陆时的细节。当航行者们第一眼看见海岸时，风几乎已完全平息，海岸位置当即就被那两名水手和奥斯本先生认出。这后一位绅士有熟人在莫尔特雷要塞，所以马上决定把气球降落在要塞附近。气球在操纵下飞临海滩（当时正值退潮，坚固而平滑的沙滩很适宜着陆），抛下的锚立即就把气球固定。岛上居民和要塞驻军当然蜂拥而出观看那个气球，但航行者磨破了嘴皮才使那些人相信了这次实实在在的航行，飞越大西洋的航行。锚触地的时间正好是下午2点整，这样整个航行历时共75小时；若只从海岸到海岸计算，时间则更短。航行中没发生任何重大事故。整个期间没有担心过任何真正的危险。气球被毫不费事地排气并系牢，当编辑成这篇报道的手稿从查尔斯顿送出时，航行者们还待在莫尔特雷要塞。他们下一步的意向尚未确定，但本报有把握向读者保证，最迟星期一或是星期二，公众将读到我们进一步的报道。

这是人类迄今为止所完成甚至所尝试的最惊人、最有趣、最重要的业绩。今后还会发生什么惊人的事件，现在加以测定也许是徒劳无益。

汉斯·普法尔登月记

怀着一颗充满幻想的心，
对于这颗心我就是主人，
持闪光的矛，乘风之马，
我朝着茫茫的荒野行进。

——《汤姆·奥贝德朗之歌》

据最近从鹿特丹发来的报道，那座城市似乎正处于科学上的极度兴奋状态。事实上，发生在那儿的现象是那么绝对地出人意料，那么完全地新鲜离奇，那么彻底地悖于世人的先入之见，以至我毫不怀疑整个欧洲早已沸沸扬扬，整个物理学界正骚动不安，所有的理性都正在与天文学格斗。

事情好像是这样的，某月某日（我不能肯定是哪一天），成千上万的市民为了并未特别说明的目的被召集到了美丽的鹿特丹市宽敞的交易所广场上。那天较热（就季节而言热得异常），空气几乎凝滞不动，可人们的情绪并不坏，因为不时有惬意的阵雨从密布于蓝天的大团大团的白云间洒下。然而在中午时分，人群中出现了一阵轻微却奇怪的骚动，上万根舌头开始发出叽叽喳喳的声音，上万张脸庞随之向上朝着天空，上万支烟斗同时从上万个嘴角被取下。接着，一阵只能比作尼亚加拉瀑布之咆哮的呐喊声经久不息地响彻鹿特丹全城和整个郊区。

这阵呐喊声的缘由很快就一清二楚。但见从已经说过的一大团轮廓分明的白云后面，一个奇形怪状可又显然很结实的物体慢悠悠地飘进了一片蓝天。它的形状是那么古怪，它的结构是那么异常，以至站在它下面那些大张着嘴巴的强健的鹿特丹市民无论如何也没法理解，无论如何也不会喜欢。它能是什么？以鹿持丹所有魔鬼的名义，它到底会有什么可能的预示？没有人知道，没有人能想象，没有人（甚至包括市长明赫尔·叙佩巴斯·冯·昂德达克）有丝毫可解开此谜的线索。于是，由于没有更适当的事情可做，每一个男人又小心翼翼地把烟斗放回嘴角，一边继续用一只眼睛死盯着那个怪物，一边喷口烟，歇口气，走两步，并意味深长地咕哝两声，然后走回原处，咕哝两声，歇口气，最后再喷口烟。

但与此同时，那个引起了这么多好奇心的怪物，那个引出了这么多烟雾的原因，正越来越低地朝这座美丽的城市飘来。几分钟后，它已经近得足以被准确地辨认。它看上去就像是……对！它毫无疑问是一种气球。不过这种气球在鹿特丹肯定从来没有人见过，因为，请允许我问问，有谁听说过完全用下流小报做成的气球？这在荷兰当然是没人听说过。可就在这儿，就在每个人的鼻子底下，准确地说是在他们鼻子上方的不远之处，此刻就有那样一个气球，而且我有充分的根据说，它的的确确是用那种人们从来不知可用于此类目的的材料制成。这对鹿特丹人的良知来说是一种奇耻大辱。至于那个怪物的形状，那就更应该受到指摘，它看上去简直就像一顶倒挂着的巨大的小丑戴的尖帽。这顶尖帽绝不可被等闲视之，当它飘得更近之时，人们看见一根宽大的丝带从其顶尖垂下，而环绕那圆锥形的上沿或者说底边，有一圈像是牧羊铃似的小乐器，正叮叮当当地奏着《贝蒂·马丹》[1]的曲调。但还有更糟的，从那个古怪的飞行器的吊舱垂下的蓝色丝带上，吊着一顶硕大的淡褐色海狸皮帽，其帽檐无比宽阔，其半球形的帽顶饰有黑带银扣。可令人多少感到意外的是，许多鹿特丹市民竟然发誓说他们以前曾多次看见过那顶帽子。实际上所有人似乎都觉得

1 《贝蒂·马丹》（*Betty Martin*）是一支源自英国的通俗小调，当时在美国流行。

它十分眼熟，而葛丽特尔·普法尔太太一看见那顶帽子则又惊又喜地尖叫了一声，并宣布那是她丈夫戴的帽子。说到她丈夫得多交待几句，因为普法尔先生连同其三个伙伴实际上早在五年前就从鹿特丹消失，而且消失得非常突然非常奇怪，直到这个故事发生之时，所有打听他们下落的努力都毫无结果。当然，最近人们在城东郊外一个荒僻之处发现了一些骨骸，这些被认为是人骨头的残骸和一些看上去很怪的碎屑混杂在一起，而且有人甚至认为那个地方曾发生过一起卑鄙的谋杀，受害人很可能就是汉斯·普法尔和他的三个朋友。不过让我们书归正传。

那个气球（因为它无疑是个气球）此刻离地面只有 100 英尺，下面的人群已能清楚地看见上边那个人。此人长得实在是非常奇特。他身高不可能超过两英尺，这个身高虽说微不足道，但已经足以使他不能保持平衡，若不是有一道安装于气球索具、高至胸部的圆形边框阻拦，他肯定会滚出那个小小的吊舱。那个小矮人的躯体宽得不成比例，使他看上去活像一个滑稽可笑的圆球。他的脚当然没法看见。他的一双手大得出奇。他的头发是灰色，被系成一条辫子垂在脑后。他的鼻子又长又弯而且通红。他的眼睛又圆又亮而且敏锐。他那张脸虽说已老得布满皱纹，却又宽又胖，而且是双下巴。不过说到耳朵，在他头部的任何地方都找不到相似之物。这位古怪的小个子先生穿着一件宽松的天蓝色缎面礼服大衣，与之相配的是一条膝部有银扣固定的紧身裤。他的背心是用一种嫩黄色的布料做成，一顶白色波纹绸帽子非常时髦地遮住他半边头顶。为了完善他这身装束，一条血红色的丝织围巾系在他脖子上，并且非常优雅地垂在胸前，系成一个巨大而古怪的蝴蝶结。

正如我刚才所说，气球已下降到离地面大约 100 英尺的高度，这时那位小个子老先生突然一阵瑟瑟发抖，似乎不想再接近地面。于是他非常吃力地抱起一个帆布口袋，从里边倒出了一些沙子，从而使他暂时保持不升不降。接着他焦急不安地从他那件大衣侧包里掏出一个很大的笔记本。他疑惑地把笔记本掂了掂，然后极度惊讶地盯着它，显然是惊于它的重量。最后他打开笔记本，从中抽出一个用红色火漆加封、用红带小心捆扎的大信封，并不偏不歪地将其掷于叙佩巴斯·冯·昂德达克市长的脚边。市长弯腰去拾信封。可那位依然仓皇不安，无意在鹿特丹逗留的气球驾驶员此刻已开始忙着离去。他必须抛掉部分压舱物才能使气球上升，可这一次他并没有劳神从口袋里往外倒沙子，而是一个接一个地一口气扔下了六个沙袋，非常不幸的是这些沙袋全都砸在了市长的背上，使他在鹿特丹市民众目睽睽之下一连翻了六个跟斗。但不能认为了不起的昂德达克是泰然地忍受了那位小个子老人的这番无礼。恰恰相反，据说他每翻一个跟头就省了猛抽六口烟，因为在翻那六个跟斗的过程中他始终竭尽全力咬紧他的烟斗，而只要一息尚存，他就不会让那支烟斗离开他的嘴角（如果情况允许的话）。

与此同时，那个气球像一只云雀高高翱翔，远远地飞离了这座城市，最后静静地飘进了与它先前从中飘出的那片云相似的一片白云，就此从善良的鹿特丹市民惊讶的眼光中永远消失。

这下所有的注意力都转向那封信，那封信的投下和随即产生的后果已经证明，这对市长冯·昂德达克的身体和个人尊严都起到了非常要命的颠覆作用。不过那名官员在翻滚之时并没有忘记拾信这一重要目的，待后来定睛一看，才发现该信正好落在了最适合的收信人手中，因为那封信是写给他本人和卢巴迪布教授的，称呼的是他俩作为鹿特丹天文学学会正副主席的头衔。因此两位高官大员当场拆开信封，读到了下面这封异乎寻常而且的确非常严肃的信。

鹿特丹天文学学会主席冯·昂德达克阁下及副主席卢

巴迪布阁下：

二位阁下或许还记得一个名叫汉斯·普法尔、以修风箱为业的谦卑的市民，他和另外三人大约在五年前从鹿特丹失踪，其失踪的方式肯定一直被人们认为莫名其妙。可二位阁下看有多怪，给你们写此信的我正是汉斯·普法尔本人。我的父老乡亲们大都知道，在我失踪前的40年里，我一直住在那条叫绍尔克劳特的小巷巷口一幢小小的方砖楼里。我的祖辈自古以来也一直住那幢小楼，他们和我一样也曾一直从事修风箱这门既体面又赚钱的职业，因为说实话，直到前些年，也就是在所有人都热衷于政治之前，一名正直的鹿特丹市民所想望或值得想望的最好职业就是我这个行当。这行当信誉卓著，从不缺活儿，收入可观，而且受人尊敬。但正如我要说的，我们不久就开始感到了自由权利、长篇演说、激进主义和所有诸如此类的新鲜事的影响。那些原来堪称世界上最佳主顾的人现在没有片刻的时间想到我们。他们不得不尽其所能去获悉变革的消息，竭尽全力跟上智力的发展和时代的精神。如果需要煽风点火，那用报纸比用风箱还来得便当。而且由于政府渐渐变得软弱，我毫不怀疑皮革和铁的耐久性也需要相应增长，因为不久之后整个鹿特丹就再没有一副风箱需要缝补一针，或是需要榔头相助。这是一种非常难熬的境况。我很快就穷得一贫如洗，而由于有妻子和孩子需要养活，我的负担终于变得不堪承受。我开始几个小时几个小时地寻思用哪种最佳方法结束我的生命。与此同时，讨债人使我很少有空闲认真思索。我家几乎是从早到晚都被债主包围。有三个特别的家伙生怕我寻短见，终日堵在我家门口监视，并用法律对我进行威胁。我暗暗发誓，要是有朝一日这三个家伙落到我手中，我一定要对他们施行最严厉的报复。而我认为，正是这种期待复仇的快感阻止了我用大口径手枪打碎自己的脑袋，使我取消了马上自杀的计划。不过我想最好掩饰起自己的愤怒，暂且用诺言和恭维话哄住他们，待时来运转再伺机报仇雪恨。

一天，我趁他们不防悄悄溜出了家门。怀着比平日更沮丧的心情，我漫无目的地徘徊在最僻静的背街小巷，直到最后我偶然撞上了一个书摊。看见身旁有一把为顾客准备的椅子，我也就不客气地坐了下来，并且几乎不知道是怎么回事就翻开了随手拿到的第一本书。那原来是一本关于天文学理论的小册子，作者要么是柏林大学的恩克[1]教授，要么是一位名字相仿的法国人。我对天文学方面的知识还有那么点一知半解，所以很快就被该书的内容吸引住了。事实上在重新想到我的现实处境之前，我已经把该书从头至尾一连读了两遍。这时天已渐近黄昏，我朝着家的方向迈开了步子。可那本论著（连同我一位表兄最近从南特写信作为重要秘密告诉我的在气体力学方面的一个发现）已经在我心中留下了抹不去的印象，而当我沿着昏暗的街道漫步之时，我仔细地反复回想该书作者那些新奇大胆而且有时令人难懂的推论。书中有些特别的章节以一种特别的方式对我的想象力产生了影响。我对那些章节想得越久，我心中已被激发的兴趣就变得越浓。我所受的普通教育之局限，尤其是我对自然科学的无知，非但没有使我怀疑自己对所读之书的理解能力，或是使我怀疑因此而产生的许多模糊概念，反而进一步刺激了我的想象。而且我有充分的自信，或许还有充分的理由去怀疑，那些看上去产生于混乱头脑中的不成熟的想法，是否就不具有本能或直觉的全部力量，就不具有真实性和其他与生俱来的特性。

---

1 恩克（Johann Franz Encke，1791—1865），德国天文学家，曾担任柏林大学天文学教授和天文台台长，“恩克彗星”（Encke's Comet）即以他的名字命名。

我到家时已经很晚，所以我进屋就上了床。但我满脑子的问题使我根本没法入睡，于是我躺在床上沉思了一个通宵。第二天一大早我又匆匆去了那个书摊，用我仅有的一点钱买了几本力学和实用天文学书籍。我带着这几本书平安回家，利用所能用上的每一分钟认真研读，并且很快就精通了有关方面的知识，以至于我认为自己已有足够的能力实施一个计划，一个要么是魔鬼要么是我的守护神让我想出的计划。在读书的间歇之时，我不遗余力地哄慰那三个使我烦恼不堪的债主。在这一点上我终于获得了成功，这部分是靠变卖家具还了他们一半的债，部分是靠许诺我一旦完成一个小小的计划就还清余额。我告诉他们，对那个计划我心中已有谱，并请求他们协助我实施该计划。凭着这些手段，我发现没费多少力就让他们上了我的圈套（因为他们都愚昧无知）。

在妻子的帮助下，我设法做出了这样的安排，我们一边偷偷摸摸、非常谨慎地卖掉了我剩下的全部家产，一边以各种名目东拼西凑地借到了一笔可观的现金。说来也惭愧，我当时压根儿没去想将来还钱的事。凭着这笔拼凑起来的钱，我陆续采购了一批幅宽 12 码的上等细棉布、一些绳子、大量橡胶漆，定做了一个又大又深的柳条筐，此外还买了其他几种制作和装备一个特大气球所必需的材料。我叫妻子用最快的速度缝制气囊，并教她所有必要的知识和特殊的缝制方法。与此同时，我用绳子编成了一个巨大的索网，并为它装上了一个圆箍和必不可少的索具，还买了许多在高空进行实验的仪器和材料。然后我利用深夜往城东一个荒僻之处运去了五个能装 50 加仑的铁圆桶和一个容积更大的铁桶，六根直径为 3 英寸、长度为 10 英尺、设计成某种形状的马口铁管，一些我不能说出名称的特种金属，或者说半金属，以及六坛极其普通的酸。除我之外，用后两种物质形成的一种气体尚未被任何人制造出，或者说至少从未被用于与我的计划相似的目的。在此我只敢冒昧地说，那是一种长期以来被认为不可分解的氮的成分，它的密度大约比氢稀薄 37.4 倍。它尝起来无味，但并非闻起来无味。当纯气体燃烧时，它发出绿色火焰，同时对人畜都有致命的危险。我可以毫不费力地说出它的全部秘密，但正如我前文已经暗示，这个权利属于法国南特市的一位市民，他写信告诉我秘密时就附加了这一条件。此人在不知道我意图的情况下，还教了我一个用某种动物膜做气球的方法，用这种物质做成的气球所盛的气体几乎不可能泄漏。然而我发现这样做花销太大，而且从大体上说，我并不能肯定用细棉布涂橡胶漆做成的气囊就不能达到同样的效果。我之所以提到这件事，是因为我认为那个人今后可能会利用我所谈到的这种新气体和新材料尝试一次气球飞行，而我并不想把他这一非凡发明的荣誉窃为己有。

我在计划中的为气球充气期间每个小铁桶应在的位置各挖了一个小洞。这些悄悄挖成的小洞形成了一个直径为 25 英尺的圆圈。在这个圆圈的中央，即在拟放置那个大桶的位置，我挖了一个更大更深的洞。我往五个小洞里分别放入了五个装有 50 磅炸药的铁罐，而往那个大洞里则放入了一个装有 150 磅炸药的桶。我以适当的方式用隐蔽的导火线把那些铁罐和桶连在一起；把 4 英尺长的一根缓燃引信之一端插入一个铁罐之后，我填上那个小洞，把那个小铁桶置于其上，让引信另一端伸出地面约 1 英寸，紧靠在桶底边缘勉强能被看见。接着我填上了剩余的洞，并把铁桶置于它们各自的预定位置。

除了上面说到的那些东西，我还往该处运去了一台格林先生改造过的空气浓缩器，并把它藏在了那儿。不过我发现这台机器需要经过一番改装才能适合用于我计划中的目的。但通过艰苦的劳动和不懈的努力，我终于成功地完成了所有的准备工作。气球很快就做好了。它可以容纳 4 万多立方英尺气体。我算出它能轻而易举地载起我和我的全部器具，如果我安排得当，还可以加上175磅压舱物。气囊涂过三道漆，我发现细棉布完全能代替丝绸，它同样结实，但便宜得多。

万事俱备之后，我逼妻子发誓保守秘密，对我那天上书摊之后的全部所作所为只字不提，而我则许诺只要情况一允许我就会返回。我把剩下的一点钱全部给了她，然后同她告别。其实我一点儿不为她担心。她是人们所说的那种会当家的女人，没有我帮忙她也能把诸事料理妥当。实话实说，我相信她始终认为我是一名游手好闲之徒，一个无足轻重之辈，除了想入非非之外一无是处，而且她巴不得能摆脱我。我同她告别是在一个漆黑的夜晚，带着那三个给我添了不少麻烦的债主，我们绕道把气囊、吊舱和装备运到了存放其他东西的地点。我们发现存放的东西完好无损，于是我马上开始动手做该做的事。

那天是4月1日。如我刚才所说，那是一个漆黑的夜晚，天上看不见一颗星星，而且不时有蒙蒙细雨洒下，弄得我们极不舒服。但我主要担心的还是气球，虽说橡胶漆能防水，但雨水已开始使气球大大地增加了重量，此外埋在地下的炸药也容易受潮。所以我让那三个讨债人同我一道不歇气地加紧干活儿，我们敲掉了中间那个桶表面的冰，搅拌了其他几个桶里的酸。

不过他们一直不停地盘问我到底想用那些仪器设备来干什么，并对我让他们干那么重的活儿表示了极大的不满。（他们说）他们看不出让全身湿透能有什么好的结果，说那只不过是在参加我玩弄的可怕妖术。我开始感到不安，并竭尽全力拼命继续干活儿，因为我确信那三个白痴真以为我与魔鬼签订了合同。简单地说，他们以为我当时正在做最不应该做的事。所以我生怕他们一起离我而去。但我设法哄住了他们，许诺说只要一干完那些活，我马上就付清欠他们的全部借款。对我这番话他们当然有自己的理解，他们肯定以为我无论如何也会弄到一大笔现金，而只要我能还清欠款，再付给他们来帮忙的报酬，我敢说他们并不会在乎我的灵魂或肉体会变成什么样。

大约4点半，我发现气球的气已充够。于是我系上吊舱，并把全部装备放入舱内。它们包括一个望远镜、一个经过重大改进的气压表、一个温度计、一个静电计、一个罗盘、一个指南针、一只秒表、一个铃子以及一个喊话筒等，另外还有一个抽掉了空气又小心塞好的玻璃球。我当然没忘记放入那台空气浓缩器、一些生石灰、一支封蜡、足够的淡水和大量的食物，诸如一小块里就含有多种营养的干肉饼。我还把一只猫和一对鸽子放进了舱内。

这时天已快亮，我认为已到了出发的时间。于是我假装不小心把一支燃着的雪茄烟掉在了地上，趁俯身拾烟的机会偷偷点燃了那截缓燃引信，我前文已说过那截引信的一端从一个小铁桶的边上微微伸出地面。那三个讨债人丝毫没觉察到我这个小动作，而我已纵身跳进吊舱，立刻砍断了那根将气球系于地面的绳子，并高兴地发现气球在载着175磅压舱铅块的情况下仍以惊人的速度猛然上升，看来它能够载起更大的重量。我离开地面时气压计的读数是30英寸，温度计显示19摄氏度。

可刚刚升到50码的高度，我就听见地面传来一阵惊天动地的轰响，随之而来的是一阵由火焰、砾石、燃烧的木头、炽热的金属和血肉模糊的肢体形成的飓风。我的心猛地一沉，身体一下瘫倒在舱底，瑟瑟发抖。其实我当时就意识到自己把事情做过了头，意识到我要遭受爆炸产生的震荡之主要影响。因此我马上就觉得全身的血液都涌上脑门，紧接着，一种我永远也不会忘记的震荡猛然冲破黑夜，仿佛要把天空撕成两半。待我后来有时间回想之时，我并非没有把我感受到的爆炸之极度猛烈归于它正当的原因，即我当时刚好在爆炸现场的上方，正处于它最猛烈的震荡波内。但当时我只想到保命。气球开始是一瘪，接着又猛然膨胀，然后以令人头昏眼花的速度不住地旋转，最后竟像一个醉汉一样蹒跚摇摆，把我甩出了吊舱的边缘，使我头朝下脸朝外地被一根大约3英尺长的细绳吊在半空云中，那根细绳刚巧从靠近吊舱底部的一个裂缝中垂下，而我掉出吊舱时左脚非常幸运地被它缠住。不可能（完全不可能）想象我当时那种可怕的处境。我大张着嘴拼命喘气，浑身每一根神经、每一块肌肉都像发疟疾似的不住颤抖。我觉得自己的眼睛就要从眼窝里迸出，一阵可怕的恶心向我袭来，最后我终于完全失去了知觉。

不可能说清楚我到底昏迷了多久。不过那段时间肯定不会太短，因为当我模模糊糊地恢复意识，我发现天正在破晓，气球已高高地飘在茫茫大海之上，而在广阔的地平线内，看不见任何陆地的踪影。不过在我慢慢恢复知觉的过程中，我绝没有感到也许会被预想到的痛苦。实际上当我开始查看我的处境之时，我的平静中倒充满了愚钝。我先后把两只手分别伸到眼前，心里直纳闷是什么使它们青筋突露，指甲发黑。随后我小心翼翼地检查我的头，我反复地把它摇来晃去，专心地感觉了好一阵，直到我成功地证实它并不像我开始怀疑的那样比我的气球还大。接着我用一种伶俐的动作摸我的两个裤兜，发觉兜里的一本便笺和一盒牙签不知去向。努力想查明它们遗失的原因但未能如愿，心中感到说不出的懊恼。这时我才感觉到左脚踝关节极不舒服，脑子里才开始朦朦胧胧地意识到我当时的处境。可说来也真怪！我当时既没感到惊讶，也不觉得害怕。如果我真感觉到了什么，那就是一种暗暗自喜，一种为我即将用来使我摆脱困境的妙法而感到的满意。我继续沉思冥想了好几分钟。我清楚地记得当时我不住地咬嘴唇，把食指摁在鼻子旁边，并使用了其他一些平时人们舒舒服服坐在椅子上思考复杂或重要的问题时通常爱用的姿势和表情。待我认为自己已充分地集中了思想，我开始非常小心翼翼地把双手伸到后背，解下了腰带上的那个大铁扣。此扣有三个钩齿，由于有点儿生锈，所以很不容易绕轴转动。但费了一番力气，我终于使钩齿与铁扣本身形成了直角，并高兴地发现它们死死地保持在那个位置。把铁扣咬在齿间，我开始解领带的结。在完成这一动作前我不得不歇了好几次，但最后我终于解开了领带。于是我用领带的一端紧紧系住铁扣，另一端则牢牢地捆住一只手腕。这下我用尽全身力气猛地把身子往上一抬，并一举成功地把铁扣抛进吊舱，使它像我期望的那样钩住了柳条编的吊舱边缘。

现在我的身体大约以45度角倾斜于吊舱的侧边，

但千万别因此而认为我与垂直线的倾斜度也是45度。事实远非如此，我的身体仍然与地面几乎呈水平状，因为我身体位置的变化使得吊舱的底部朝远离我的一方高高翘起，因此我当时的处境极其危险。不过应该记住，当我一开始从吊舱往下掉时，如果我的脸是面向气球，而不是像实际上那样朝向外面，或者，如果把我吊住的那根细绳碰巧是从吊舱的上沿垂下，而不是从靠近底部的一个裂缝中滑出，那我敢说后果将不难设想。无论上面假设的哪一种情况发生，我都不可能做到我现在已经做到了的那么多事情，而我在此信中所揭示的秘密将完全不可能为子孙后代所知。所以我当时有充分的理由感到庆幸。尽管我实际上仍然昏昏沉沉，对发生的一切仍然感觉迟钝，并且以那种奇特的方式继续悬吊了大约15分钟，其间没作丝毫进一步的努力，而是沉浸在一种呆滞、喜悦、平静的奇异状态之中。但这种感觉很快就消失,随之而来的是恐惧、沮丧和一种极度绝望的感觉。事实上，先前涌在脑门和喉头使我处于谵妄状态的血液此时已开始回归正常的通道，而我因此而获得的对危险的清楚意识则足以使我丧失面对危险的信心和勇气。但幸运的是，这种软弱并没有延续多久。我及时从绝望之中摆脱出来，随着一阵疯狂的叫喊和挣扎，我猛然拉着领带向上攀缘。最后我的一只手终于像虎钳似的抓住了我向往已久的吊舱边缘。我扭动着身躯翻进吊舱，浑身哆嗦着头朝下栽到了舱底。

过了好一阵我才恢复过来，才开始为我的气球感到担忧。但等我仔细地查看之后，我大为欣慰地发现它完好无损。我的仪器装备也都安然无恙，压舱物和给养也幸运地全部留在舱内。其实我把它们放得十分牢靠，完全没有可能掉出舱外。这时我看了看表，时间是清晨6点。我仍然在以极快的速度上升，气压计显示的高度是三又四分之三英里。我正下方的海面上有一个略呈长方形的黑色物体，看上去约有一块骨牌那么大，而且从各方面看都像是一块骨牌。取出望远镜一看，我清楚地辨认出那是一艘有94门大炮的英国战舰。战舰正朝着西南偏西方向顶风行驶，船身前后颠簸得很厉害。除了这艘战舰之外，我看见的只有汪洋和苍天，还有那轮早已升起的太阳。

现在已该是我向二位阁下解释我此行之目的的时候。二位阁下应该记得鹿特丹的苦难境况最后已逼得我想要自杀。但那并不是因为我对生命本身有一丝一毫的厌恶，而是因为伴随我生命的外在痛苦与折磨已经使我不堪承受。在这种既想活下去但又厌倦了生活的心态之中，我在书摊上读到的那本论著以及我在南特的那位表兄的适时发现为我的想象力提供了一个新的源泉。于是我终于拿定了主意。我决心离开这个世界，但是要活着离去并且要继续生存。简单地说，为了抛开莫名其妙的人和事，我决定不管发生什么结果我都要尽可能飞向月球。现在，为了我不至于被人认为是疯子，我愿尽可能详细地谈谈我当时的一些考虑，因为正是这些考虑使我确信，登月虽说困难重重并充满危险，但对于一位勇者来说，它并非一件绝对不可能的事。

月球离地球到底有多远？这是首先要考虑的问题。我们知道，这两颗行星中心之间的平均距离是地球赤道半径的59.9643倍，或者说大约只有23.7万英里。我说平均距离，但必须记住，月球的运行轨道是一个椭圆，其偏心距不小于该椭圆之长轴的0.05484倍，而地球中心就处于这个椭圆之中心，所以只要我能设法在这个轨道的近地点与月球相遇，那上述距离实际上就会缩短。但现在姑且不谈这种可能性，已经非常肯定的一点是我无论如何也得从那23.7万英里中减去地球的半径，即4000英里，再减去月球的半径，即1080英里，这样需要飞越的实际平均距离是231920英里。而我认为这并非一段非常漫长的距离。陆上交通工具的速度已多次达到每小时60英里，而且这个速度实际上还可望大大加快。但即使就按60英里的时速计算，我到达月球表面也不过只需要161天。然而有许多特殊情况使我相信，我飞行的平均速度很可能远远超过每小时60英里，而由于这些考虑并非没在我心中留下深刻的印象，我以后还会更详细地提到它们。

需要考虑的第二点是一个重要得多的问题。我们从气压计的显示中发现，当我们从地面升到1000英尺高度，大气圈内的空气总量已有十三分之一在我们脚下；上升至10600英尺，留在身后的空气总量已近三分之一；而当升到与科托帕希火山高度差不多的18000英尺，我们就已越过空气总量的二分之一，或无论如何也可以说越过了覆盖于我们这颗星球之上的可估量的空气总量的二分之一。人们还计算出，在不超过地球直径百分之一的高度，也就是说在不超过80英里的高空，空气已稀薄到无论如何也不能维持动物生命的程度，而且我们所拥有的最精密的测定大气密度的仪器也不足以让我们确信有空气存在。但我并非没有看出这后几项推算所依据的完全是我们对空气特性的经验知识，以及那些控制空气之膨胀和压缩的力学定律，而这些知识和定律都只在相对说来可以被称为最接近地球表面的低空得到过验证。与此同时，人们想当然地认为，在任何一个达不到的高度动物生命都肯定不会有实质性的变化。当然，从这样的论据得出的这样的推论，肯定只能是类比推论。人类所达到过的最高高度是法国人盖伊－卢萨克和比奥先生的气球所达到的 2.5 万英尺。这是一个非常一般的高度，即便与上面所说的 80 英里相比。而我禁不住认为，这个问题还大有怀疑和思索的余地。

可事实上，一定的上升高度与其越过的空气量并不成正比，即上升一段距离所越过的空气量并不等于下一段同等距离所越过的空气量，这个比例在不断减低（这一点从上文的陈述中也许清晰可见）。所以非常清楚，无论我们能升多高，毫不夸张地说，我们都不可能到达一条在其之外就没有空气存在的界线。我坚持认为空气肯定存在，尽管它也许无限稀薄。

从另一方面来说，我知道从来就不乏有论据证明大气圈有一个真实而明确的界限存在，越过该界限就绝对不再有任何空气。但有一个情况从不曾被那些坚持认为有那么一个界限的人加以考虑。在我看来，这个情况虽不能绝对推翻他们的信念，但仍是一个值得认真研究的要点。在比较恩克彗星连续到达其近日点的间隔周期之时，在用最精确的方法计算了各行星的引力所造成的全部干扰之后，结果发现该彗星的运转周期正在逐渐减少。这也就是说，该彗星椭圆形轨道之长轴正慢慢变短，这种变化很缓慢但非常有规律。而如果我们假定有一种极其稀薄的介质弥漫于该彗星运行轨道区域并使其受到阻力，那这正好可以解释上述情况。因为显而易见，在减慢该彗星运行速度的过程中，这样一种介质肯定靠减弱该彗星的离心力而增加了它的向心力。换言之，太阳对该彗星的引力将会越来越大，而该彗星每运行一周就会靠太阳更近一点。事实上再没有别的途径可以解释上述变化。此外，观察发现该彗星彗头的实际直径在接近太阳的时候便急速收缩，而离开近日点之后则以同样的速度膨胀。那我难道没有理由同意瓦尔斯先生的推测，认为这种明显的体积收缩是由我上文所说的同一稀薄介质的压力所致，而那种介质靠太阳越近便越浓密？锥体状光，亦称黄道光，是一种值得注意的现象。这种在热带地区那么明显、以至不可能被误认为大气现象的光芒从地平线向上倾斜延伸，一般顺着太阳赤道的方向。在我看来，这显然是一种从太阳表面向外扩散的稀薄空气，至少是从金星轨道内圈扩散而出。我对这一点坚信不移。[1] 实际上，我没法想象上述介质只局限于那颗

1 黄道光大概就是古人所说的 Trabes（【译者按】Trabes 是拉丁语，意思是“光束”）。“那里射出他们称为光束的射线。”（普林尼《自然史》卷 2 第 26 页）——原注

彗星的椭圆轨道区域，或是只存在于紧靠太阳的空间。相反，人们很容易想象那种介质弥漫于我们的整个行星系，在各行星周围则浓缩成我们所谓的大气，而且在某些行星周围也许还会因某些纯地质因素而有所变化，即被各个天体挥发的物质所引起的比例变化（或纯性质变化）。

对此问题已有这样的见解，我几乎不再有别的犹豫。我认为自己在航行中当然会遇上与地球表面之空气本质上相同的大气，而凭着格林先生发明的那种精巧的设备，我应该很容易就能将其浓缩到保证让我呼吸的程度。这样就消除了登月航行中的主要障碍。实际上，我花费了一些钱和大量的劳动来改造那台设备，使之适用于我的意图，而只要我能在一段适当的时间内完成航行，我确信它会完全奏效。时间问题又使我想到了可能的航行速度。

不错，人们知道气球刚从地面上升时其速度相对说来较慢。而气球的升力全在于周围空气的比重与气囊内气体的比重之差异。由于气球升高，它就必然会不断升入密度急剧下降的气层，乍看起来这似乎不可能，我是说气球在上升过程中速度会不断增加似乎显得毫无道理。但从另一方面来看，我并不知道有任何记载证明气球的绝对上升速度有过减慢，尽管这种减慢看来应该是理所当然的事，因为即便不说别的原因，单是由于气球制作欠佳并用普通漆涂刷所造成的漏气就足以导致这种结果。所以，这种漏气导致的结果看来正好抵消了气球因远离引力中心而获得的加速。我当时认为，假如我在航行中发现了我想象的那种介质，假如它被证明实质上就是我们称为大气的那种物质，那即使发现它非常稀薄对我也没有多大影响，也就是说，对我的上升能力没多大影响，因为我气球中的气体不仅本身也同样稀薄（为了与稀薄的介质成比例，我可以允许防止爆炸所必不可少的一定量的泄漏），而且由于其特性，它无论如何也会轻于任何纯粹的氮氧混合气体。这样就有了一种可能性（事实上是一种极大的可能性），即在我上升的整个期间，在任何一个我达到的高度，巨大的气球、气球中难以想象其稀薄的气体、吊舱，以及舱内物品加在一起的重量，都不会与它们置换掉的大气重量相等。不言而喻，这种相等是我向上飞行会停止的唯一条件。但即便遇到这种情况，我还可以抛掉总重量约为 300 磅的压舱物和其他物品。与此同时，地球的引力会不断与我上升高度的平方按比例减小，这样，随着速度大大加快，我最终会进入地球引力被月球引力所取代的空间。

但另一个困难使我感到过一点不安。据说当气球上升到一定高度，飞行者除了呼吸困难、头部剧痛和身体不适之外，还会出现流鼻血和其他令人惊恐的症状，而所有这些反应的剧烈程度与上升的高度成正比。[1]这一点想起来多少有点令人吃惊，难道这些症状会不断加剧，直到最后被死亡终止？我最终认为这不可能。这些症状的原因是身体表面习惯性的大气压力逐渐减小，从而导致表层血管扩张，而不是像呼吸困难那样是由于生理机能被打乱，呼吸困难是因为空气的密度在化学性质上不足以保证心室血液的正常新陈代谢。若非因为缺乏这种新陈代谢，那我实在看不出生命有何理由不可以在真空中延续，因为通常称为呼吸的胸腔的扩张和收缩，实际上是一种纯粹的肌肉运动，它是呼吸的原因，而不是结果。总而言之，我认为当身体一旦慢慢习惯大气压的减少，那些痛苦的感觉就会渐渐消失。至于在习惯过程中对那些痛苦的忍受，我对自己钢筋铁骨般的健壮体魄充满了信心。

这样，但愿二位阁下能满意，我已经虽说不是全部但也非常详细地谈了我的一些考虑，正是这些考虑

---

1 自《汉斯·普法尔》问世以来，我发现因“拿骚号”气球飞行而誉满天下的格林先生和其他一些后来的气球驾驶员均否认洪堡就这一问题的断言，并且都谈到了一种逐渐减弱的不适感，这与本文所力陈的理论不谋而合。——原注（【译者按】《汉斯·普法尔等月记》最初于1835年连载于《南方文学信使》月刊。）

使我想出了登月飞行计划。我现在要继续给你们讲这一计划的实施结果。从观念上说，这个计划显然是一次非常大胆的尝试，而且在人类历史上无论如何也是前所未有。

气球升到上文所说的高度（也就是说三又四分之三英里）时，我从吊舱里往外抛出了一把羽毛，结果发现我仍然在以够快的速度上升，所以，我还没有必要抛任何压舱物。我为此而感到高兴，因为我希望尽可能地保持气球的重量，其显而易见的原因是对月球的引力和大气密度我都没法确知。到此为止我尚未感到身体不适。我呼吸畅快，头一点儿也不痛。那只猫安静地躺在我脱下的外衣上，以一副若无其事的神情盯着那两只鸽子。而那两只被捆住腿以防止飞掉的鸽子正忙着啄食撒在舱底的谷粒。

6点20分，气压计显示的高度为26400英尺，或者说正好5英里。这时我的视野仿佛毫无限制。其实用球面几何可以很容易算出我当时能看到多宽的地球表面。对一个球体的整个表面来说，任何一个球截体之凸面就是该球体直径被截段的正矢。以我当时的位置而言，那正矢（即我身下被截段的厚度）大约与我的高度相等，或者说与地面上空视点的高度相等。那么5英里比8000应该表示我所看见的地面部分。换句话说，我当时看见了整个地球表面的1/1600。大海看上去平滑如镜，尽管从望远镜中我可以看出它正波涛汹涌。那艘战舰已不见踪影，显然是早已顺风往东边漂去。此时我的头开始阵发性剧痛，尤其是耳朵周围，但呼吸还算勉强正常。猫和鸽子似乎没感到任何不适。

6点40分，气球钻进了一长串浓云之中，这使我感到非常不安，因为云会损坏空气浓缩器，还会使我浑身湿透。这当然是一次异常的偶然遭遇，因为我以前从不相信在这么高的地方能有这样浓密的云。不过我当时认为最好是从那165磅压舱物中扔掉两块各5磅重的铅块。扔掉铅块之后我很快就升出了云层，并立即感觉到上升速度已大大加快。我钻出云层才刚刚几秒钟，就只见一道通亮的闪电从头至尾横贯了那片密云，使它就像一块巨大的木炭整个在熊熊燃烧。必须记住这事是发生在白天。要是这同样的现象发生在漆黑的夜里，那场景真不知道有多么壮观。也许可以恰当地把它比作地狱。但即便是在白天，当我远远地望着身下那张着大口的深谷，试想穿行在那些奇妙的拱廊之中，穿行在那么燃烧着通红火焰的可怕的无底深渊之时，我也禁不住毛发倒立。我可真是死里逃生。要是气球在云里再稍稍多待一会儿，也就是说，要不是因为浑身湿透不舒服这个念头使我下决心抛弃压舱物，那我的毁灭说不定（而且很可能）早已经成为事实。这种现象虽说很少被想到，但也许正是气球航行中肯定会遇到的最大危险。不过此时我已经升得太高，再也不会为这种危险感到不安。

我正在急速上升，7点钟时气压计显示的高度是9英里半。我开始感到呼吸非常困难。我的头也痛得特别厉害，觉得脸颊上湿漉漉的已有好一阵，最后我发现那是血，正不断地从耳朵鼓膜渗出。而且我的眼睛也格外难受。用手摸了摸，它们似乎并非无关紧要地从眼窝向外突出，以至吊舱里的所有东西，甚至连气球本身，在我的眼里全都变了模样。这些症状大大超出了我的预料，使我感到了几分惊恐。在这个时候，我不假思索就非常轻率地从吊舱往外抛了三块5磅重的压舱物。由此而获得的加速度使气球飞快上升，几乎没有一个过渡阶段就把我带入了极其稀薄的空气层，其结果差一点当即就结束我的探险和我的生命。一阵突如其来的痉挛延续了不下五分钟，而即便当痉挛稍稍平息之后，我也只能大张着嘴，非常艰难地呼吸。鼻子和耳朵一直在大量出血，甚至有少量的血从眼睛里渗出。那对鸽子看上去非常痛苦，正拼命挣扎着想要逃走；那只猫发出可怜的喵喵声，长伸着舌头偏偏倒倒地在舱内来回走动，好像是吃了有毒的诱饵。这时我才悔之莫及地发现我轻率地抛出压舱物所铸成的大错。我的心顿时乱到了极点。我当时已没有别的指望，以为自己在几分钟内就会死去。我所承受的肉体痛苦也使我几乎不可能做出任何努力来拯救自己的生命。实际上我的思维能力也所剩无几，而我头部的剧痛似乎还在不断加剧。因此我觉得自己马上就要完全失去知觉，我已经抓住了一根控制气阀的绳子，打算放气让气球下降，这时我想到了我对那三个讨债人所玩的致命花招，想到了我返回地面可能会发生的后果，这些想法阻止了我拉开阀门。我在舱底躺下，努力使自己镇定下来。这样我终于决定进行放血试验。但由于没有放血针，我只能用我所能用的最好方法来实施这个手术，最后我用随身带的小刀成功地剖开了左臂的一根血管。血液刚一流出我就感到痛苦明显减轻，而当流出了大约小半盆血后，大部分最痛苦的症状已完全消失。不过我并不认为自己可以马上起身，于是我尽可能细心地包扎好左臂，继续躺了大约 15 分钟。最后当我站起身时，我发现再也感觉不到刚才一个多小时内所受的任何一种绝对痛苦。然而呼吸困难的情况并没有多少好转。我知道很快我就绝对需要使用空气浓缩器，与此同时，我看见那只猫又舒舒服服地躺在了我的外衣上，而且我惊奇万分地发现它居然趁我特别难受的那段时间生下了三只小猫。这下我们的乘客数量大大增加，我完全没料到这一情况，但对其发生我感到高兴。这将为我提供一个机会来验证一种推测，就我这次飞行尝试而言，这种推测比其他任何因素对我产生的影响都更大。我曾设想，动物在高空之所以会痛苦，是因为（或者说基本上是因为）对地面大气压力的习惯性承受。如果发现这些小猫和它们的母亲一样感到身体不适，那我必须认为自己的理论错了，可如果情况相反，那我就应该将其视为我推论的有力证据。

到 8 点钟时，我实际上已升到离地面 17 英里的高度。所以我清楚地意识到我的上升速度不仅在加快，而且即使我不抛掉那些压舱物，气球也会慢慢上升。头顶和耳部的剧痛又开始间歇发作，鼻孔偶尔还在流血，但从总体上说，我所感到的痛苦远远低于可预期的程度。不过我的呼吸越来越困难，每吸一口气都伴随着胸腔一次难受的抽搐。于是我取出了空气浓缩器，准备随时开始使用。

在此上升期间，地面的景象真可谓美不胜收。极目眺望，但见西面、北面和南面都是茫无涯际、风平浪静的一片汪洋，海水的蓝色每时每刻都在一点一点地加深。朝东边望去，可清晰地辨认出不列颠群岛绵延在万里之外，法国和西班牙濒临大西洋的海岸也全都一览无余，此外还能看到非洲大陆北端的一小部分。具体的高楼大厦压根儿就不见踪影，人类最引以为豪的那些城市也统统从地面上消失。身下景象最令我惊讶的是地球表面看上去明显呈凹状。而我曾不假思索地以为我在那样的高度会看到地面呈现其真正的凸状。不过稍微动动脑子就足以解释这一矛盾。从我的位置画一直线垂直于地面，这条直线可形成一个直角三角形的高，该直角三角形的底边从直角顶点延伸至地平线，其斜边则从地平线延伸至我的位置。但与我视线所及的距离相比，我当时的高度简直微不足道或几乎为零。换言之，就我当时的情况来说，若把那个假设中的三角形之底边和斜边与它的高相比，那前两条直线长得几乎可以被看成是两条平行线。在这种情况下，气球驾驶员眼中的地平线似乎总是与吊舱处在同一水平线上。但由于垂直在他身下的那个点看上去（而且实际上）隔着一段很长的距离，因此这个点看上去当然也就远远低于地平线。凹面的印象由此产生。只有当高度与视野的距离成比例大大向上延伸，直到底边和斜边视觉上的平行完全消失，这种凹面的印象才会随之消失。

此时那对鸽子看上去正在经受极大的痛苦，我决定让它们获得自由。我先解开了那只美丽的灰斑鸽，并把它放到吊舱的边缘上。它显得极其不安，惶遽地拍着翅膀东张西望，大声地发出咕咕叫声，可就是不敢振翅飞离吊舱。我只好一把抓住它，把它扔出气球大约有6码之遥。然而它并没有像我所期望的那样试图往下飞，而是竭尽全力挣扎着要飞回吊舱，同时发出声声凄厉的尖叫。它最后终于回到了吊舱边缘上它原来的位置，可刚一飞回脑袋就耷拉到了胸前，接着掉在舱底死了。另一只的命运没有那么不幸。为了防止它以伙伴为榜样往回飞，我用尽全身力气把它往下一掷，结果满意地看到它以极快的速度继续下降，非常自然、非常轻松地拍动着翅膀。不一会儿它就从我的视野里消失，而我毫不怀疑它最终会平安地返回地面。那只死去的鸽子则让看上去已从不适中恢复过来的老猫饱餐了一顿，它吃饱之后便心满意足地呼呼大睡。那三只小猫非常活泼，迄今尚未显露出一丝一毫不舒服的迹象。

8点15分，呼吸困难已变成我不堪忍受的痛苦，于是我马上开始在舱内安装那台空气浓缩器的附属设备。这设备需要稍稍加以说明，二位阁下不妨先记住我首要的目的是要将我和吊舱整个地与我置身于其中的极其稀薄的大气隔开，然后在这隔离的空间里用浓缩器把一定量的稀薄大气浓缩成能供我呼吸的空气。为了这一目的我早就备下了一个非常结实、非常轻巧但又非常柔韧的弹性橡胶袋。整个吊舱将以某种方式被置于这个足够大的橡胶袋内。也就是说，橡胶袋铺过整个舱底，再沿吊舱四壁向上延伸，然后顺着绳具伸延到舱缘上方，或者说伸延到与气囊索网相连的那个圆箍。以此方式将橡胶袋拉起封住吊舱的底部和周围之后，现在需要做的就是让它的上沿或者说袋口穿过索网上圆箍的上方，换句话说，就是让袋口穿过索网与圆箍之间。但如果为此目的而让索网与圆箍分离，那与此同时用什么来承受吊舱呢？原来索网与圆箍的连接并非永久性的，而是凭着一长串滑环或者说活套。所以我可以一次只松开几个活套，而让其余的活套继续承受着吊舱。待把橡胶袋的袋口塞入一部分之后，我又重新固定那几个活套。不是固定于原来的圆箍，因为夹入袋口之后这样做已不可能，而是固定于安装在离袋口 3 英尺处的一圈大纽扣上，而这圈纽扣的间距与活套的间距完全吻合。这做完之后，再解开另外几个活套，再塞入另外一部分袋口，然后再把活套同与之相对应的纽扣连接。以这种方式就可以把橡胶袋的整个上沿部分都塞进索网与圆箍之间。显而易见，那个圆箍最终会掉进舱里，而整个吊舱的重量则完全由那些纽扣来承受。这乍看起来也许会显得不太保险，但实际情况并非如此，因为那些纽扣不仅本身很结实，而且一颗挨一颗排得很密，所以每颗纽扣只承受了总重量中的很小一部分。实际上即便吊舱及其装载物重上三倍，我也完全用不着担心。现在我从橡胶袋里重新举起那个圆箍，用三根早已准备好的轻巧柱杆将它支撑在与原来差不多高的位置。这样做当然是为了使橡胶袋的顶部张开，同时也为了使索网的下部保持其正常状态。这下要做的就只剩下封住袋口，而这一点做起来非常容易，我只消把袋口多余的部分收在一起，从里边紧紧地把它拧成一个螺旋状，最后再用带子把它扎紧。

在这个封闭了吊舱的橡胶袋的侧边，嵌着三块很厚但仍然透明的圆形玻璃，通过它们我可以毫不费力地观察各个水平方向。在橡胶袋的底部也用同样的方式开着第四个窗口，刚好与吊舱底部本身的一个小孔吻合。这个窗孔使我能垂直往下看，但由于袋口封闭的特殊方式，我发现不可能在头顶也同样开一个窗口，所以我没法看到位于我上方的物体。这个问题当然是无关紧要，因为即使我能在头顶开个天窗，巨大的气囊也会挡住我的视线。

在一扇侧窗下方大约 1 英尺处，有一个直径为 3

英寸的圆孔，圆孔的周围是一道铜边，铜边内缘有一组螺丝孔。空气浓缩器的抽气管就用螺丝固定于那道铜边，浓缩器本身当然是在橡胶袋封闭的舱内。通过那根管子，气球周围的稀薄大气被浓缩器造成的一种真空吸入该机器，经过浓缩之后再排入舱内，与舱内原有的空气混合。当浓缩器排放了几次浓缩后的气体之后，舱内便充满了适合呼吸的空气。但在如此狭小的空间内，空气很快就会变得污浊，不再适合与肺部反复接触。这时可打开舱底一个小小的活门，浓密的空气很容易就渗入外面稀薄的大气中。为了防止舱内出现真空状态，这种净化过程绝不能一次完成，而要用一种逐渐的方式。活门每次只能打开几秒钟，直到浓缩器放出的气体弥补了被排出的污浊空气。为了进行试验，我早把大小四只猫放进一个小篮子，并把篮子挂在了舱底外边活门旁边的一个套扣上，必要的时候我可以通过活门喂给它们食物。我做这件事得冒几分风险，因为我必须在关上活门之前用上文提到用来支撑圆箍的一根杆子将食物送到吊舱下的篮子里。一旦吊舱里充满浓缩空气之后，那个圆箍和支撑杆就再也没有必要，封闭的浓缩空气已足以使橡胶袋完全张开。

当我弄好那一切并使舱内充满浓缩空气之后，时间只差10分钟就到9点。而在我忙着封舱的整个期间，我一直承受着呼吸困难所带来的最可怕的痛苦。我真为我的疏忽大意(更准确地说是愚蠢轻率)而感到后怕，因为我居然把如此重要的一件事拖延到了最后的时刻。不过我总算把这件事做了，并很快就开始享受我这项发明带来的好处。我又开始轻松自在地呼吸。干吗不呢？我还又惊又喜地发现，一直折磨着我的各种剧痛已在很大程度上减轻。一点轻微的头疼，加上手腕、脚踝和喉头有一种肿胀的感觉，差不多就是我现在可抱怨的全部。所以看来非常明显，如我期待的那样，因脱离大气压力而产生的绝大部分不适感实际上都渐渐消失，而我在过去两小时内经受的大部分痛苦都应该归因于呼吸不足。

在8点40分，也就是在我封闭橡胶袋之前不久，气压表上的水银柱已升到极限，或者说停止了上升。正如我前文所说，那是一个经过改进加长的仪器。所以它最后指示的高度是132000英尺，即25英里，因此我当时所能看见的地面正好是地球表面积的1/320。到9点钟时我再也看不见东方的陆地，不过在此之前，我已经知道气球正以极快的速度飘向西北偏北方向。脚下的洋面看上去仍然呈凹状，尽管我的视线常常被飘来飘去的云团所阻断。

9点半钟我进行了一次试验，从舱底活门撒出了一把羽毛。它们没有像我所期待的那样飘在空中，而是像一团子弹以飞快的速度垂直下降，几秒钟内就飞出了我的视野。我开始并不明白是什么原因造成了这种奇异的现象，不敢相信我的上升速度突然之间会变得如此飞快。但我很快就想到此刻舱外的大气已稀薄到了甚至连羽毛也承受不住的程度，所以它们实际上是像看上去的那样以极快的速度下坠，结果羽毛下坠和气球上升的两个速度加在一起使我感到了惊诧。

到10点钟时，我发现自己已没有多少事需要时时关心照料。一切都进行得非常顺利。我相信气球的上升速度每时每刻都在增加，尽管我已经没有办法弄清增加的程度。我不再有疼痛的感觉或任何不适感，精神比自我离开鹿特丹之后的任何时候都好。我现在只是时而检查一下各种仪器的状态，时而更换舱内的空气。后一项工作我决定每40分钟做一次，这主要是考虑到我自己的身体健康，而不是如此频繁地净化空气有绝对之必要。与此同时，我禁不住去猜想我要去的地方，沉湎于月球梦一般的荒凉景象。我的想象力曾一度不受任何束缚地尽情徜徉于那片朦胧而神秘的土地上各种不断变幻的奇观。忽而我看见地老天荒的原始森林、嶙峋嵯峨的悬崖峭壁、轰鸣着跌入无底深渊的巨大瀑布。忽而我进入了永远是正午的幽静之处，那儿空气里没有一丝风，那儿罂粟花和纤柔如百合的无名花点缀的草地一望无涯，那儿永远是沉寂和静止。忽而我又远游到了另一个地方，那地方是一个隐隐绰绰的湖泊，湖岸是片片飘浮的云。但我脑子里并非只想到这些景象。最严酷最可怕的恐怖也常常闯进我的脑海，那里可能是不毛之地的推测使我感到胆战心惊。然而，我不会让我的思绪长时间地纠缠于这后一种景象，观察和判断航行中真实而可能的危险足以使我专心致志。

下午5点，利用更换舱内空气的机会，我从舱底活门对那几只猫进行了观察。老猫看上去又痛苦不堪，而我毫不犹豫地把这归于它呼吸困难的缘故，可小猫的试验结果却令人不可思议。我当然以为会看到它们也表现出痛苦，尽管痛苦之程度不及它们的母亲，而这也足以证实我关于大气压力之习惯性承受的见解。但我压根儿没想到仔细观察的结果是发现它们完全健康无恙，呼吸非常轻松自如，没显露丝毫不适的迹象。我只有扩充我的理论才能解释这一切，那就是这周围极其稀薄的大气也许并非像我所认为的那样在化学性质上不足以维系生命，一个在这样一种介质中降生的人很可能完全感觉不到呼吸上的困难，而让他下降到地面浓密的气层中时，他也许会经受一番我刚才所经历过的那种折磨。此时一桩令我迄今还追悔莫及的可怕事故使我失去了那窝猫，同时也剥夺了我对这个问题继续观察和试验的机会。当我把手伸出活门，准备给老猫送一杯水时，我的衬衫袖口绊住了那个承受篮子的圆箍，这样立即就使篮子脱离了那个套扣。假若那整只篮子真是消失进了空中，那它也不可能以一种更突如其来、更急若流星的方式从我眼前转瞬即逝。毫无疑问，从篮子脱离套扣到它完全消失总共也不足十分之一秒。我美好的心愿追随着那只篮子返回地球，可我当然不敢奢望那些猫能活着来讲述它们不幸的遭遇。

6点，我发现地球东边的可视部分已大半被浓浓的阴影笼罩，阴影很快地扩展，到6点55分，我视野内的全部地面已被包裹进夜的黑暗之中。但在此之后很长一段时间内，夕阳的余晖依然照耀着气球。虽说我早就充分预料到了这种情况，但它仍然让我感到了无限的满足。显而易见，到早晨的时候我至少可以比鹿特丹的市民早几个小时看见旭日东升，尽管他们的位置远比我更靠东方，这样随着一天天越升越高，我将越来越多地享受到太阳的光芒。我决定开始记航行日志，把从1点到24点算作一天，不考虑有无黑夜的间断。

到10点钟时我感到了困倦，于是想躺下来睡上一夜，可这时发现了一个困难，这困难虽说是早就明摆在那儿，可在我所说的那个时刻之前却一直没引起我注意。若是我像打算的那样躺下来睡觉，那在此期间怎么能更换舱内的空气呢？舱内的空气最多只能维持1小时的呼吸，即或这段时间可延长到1小时15分钟，也同样会发生最致命的后果。考虑到这一困境使我感到极度不安。真叫人难以置信，在经历了那么多危险之后，我居然会把这件事看得那么严重，以至放弃实现我最终计划的全部希望，最后被迫做出下降的决定。不过这一念头转瞬即逝。我很快就想到人实际上是习惯的奴隶，许多被人认为是日常生活中重要得必不可少的事情，其实不过是人的习惯所致。我当然不可能不睡觉，但我可以使自己适应每小时醒来一次。把舱内的空气净化到最佳状态最多也只需要五分钟，唯一真正的困难在于想出一种在适当的时候把我弄醒的方法。但我乐于承认，这个问题真让我绞尽了脑汁。当然我也听说过那位用功学生的故事，他为了防止自己伏在书本上呼呼大睡，夜读时手里握着一个铜球，椅子旁边的地板上则放着一个铜盆，任何时候只要他一打瞌睡，铜球坠盆的铿锵声都会有效地把他惊醒。可我自己的情况与那完全不同，使我没有余地去想类似的主意，因为我并不是想熬夜不睡，而是希望从睡眠中被按时唤醒。最后我终于想到了下面这个应急措施，这方法看上去虽然简单，可当时我为它而欢呼，并把它视为一项堪与望远镜、蒸汽机或印刷术媲美的发明。

我有必要先说明一下，在达到当时的高度之后，气球顺着既定的上升路线飘得非常平稳，因此坠在下边的吊舱也四平八稳，感觉不出一丝一毫的摇晃。这种情况非常有利于我决定要采取的措施，我的水分装在一个个容积为 5 加仑的小桶里，小桶被牢靠地放置在吊舱内周围。我解开其中一个小桶，然后取出两根绳子，将绳子从吊舱边缘的一边拉到另一边，让两绳间隔约 1 英尺并保持平行，这样便做成了一个绳架，接着我把小桶平放在绳架上固定好。在绳架下方 8 英寸、离舱 4 英尺处，我做成了另一个架子，不过用的是我所拥有的唯一一块薄木板。在这个木架上直接垂直于小桶之处，一个小小的陶壶被放在了那里。然后我在陶壶上方的桶端钻了个洞，并用软木做了一个圆锥形的孔塞。我把软木塞往那个孔里，塞进又拔出，一连试了好几次，直到最后塞得恰到好处，这样从孔塞处渗出并滴下的水刚好在 60 分钟内装满下边的陶壶。这一点当然很容易确定，我只消注意水在任何确定的时间内漫到陶壶的什么部分就行了。这一切弄好之后，计划的其余部分也就一目了然。我就躺在吊舱地板上，而头部正好在陶壶嘴的下方。显而易见，当一个小时过去陶壶装满水后，水便会从比壶沿稍矮一点儿的壶嘴漫出，同样也非常明显，从4英尺多的高处漫下的水只能浇在我的脸上，其必然的结果就是马上把我惊醒，哪怕是从最熟的酣睡之中。

我完成这些安排后已经11点，于是我立即躺下睡觉，心里绝对相信我这项发明会奏效。它果然没有令我失望。每隔60分钟我就被这个精确的计时器唤醒，我把壶中的水倒回小桶，启动浓缩器换过空气，然后又躺下接着睡觉。这种对我睡眠的有规律的打断并没有使我感到有多不舒服，甚至不如我所预料。当我最后醒来时已是清晨7点，太阳早已高高升起在地平线上。

4月3日。我发现气球的确已升得很高，地球的凸面此时已变得非常明显。我身下的洋面上有一串黑斑，毫无疑问那是一些岛屿。头顶上的天空一片漆黑，可见明亮的星星闪烁。实际上自我第一天升空以来就一直能看见星星。极目北方，我看见一条细细的、雪白的、晶亮的光带（或者说条纹）嵌在地平线上，而我毫不迟疑就断定那是北冰洋冰川朝南的一面。我的好奇心被极大地唤起，因为我希望尽可能地去向北方，希望在一段时间内我有可能正好置身于地极之上。现在我开始惋惜这巨大的高度会妨碍我如愿以偿地对北极进行一番仔细的观察。不过许多情况仍可以弄清。

此外整天再没有看到什么特别的景象。我所有的仪器装备都情况良好。气球仍然在感觉不到丝毫晃动的状态下上升。寒冷加剧，迫使我紧紧地裹上了一件大衣。当夜幕降临地球时我开始睡觉，尽管我处的位置还要好几个小时才会天黑。水钟严守时刻，有规律地把我唤醒，除此之外我一夜睡得很香。

4 月 4 日。继续上升，身心状况俱佳，惊于海洋面貌发生的奇异变化。它一直呈现的深蓝色已在很大程度上消失，现在它变成了一种灰白色，并泛出一种炫目的光辉。洋面的凸状已变得非常明显，以至溟溟蒙蒙一洋洪波好像正飞落直下地平线之深渊，而我居然发现自己竟踮起脚尖想去听那巨大的瀑布发出的轰鸣。那些黑斑点似的岛屿已不见踪迹，不知它们是消逝在东南方的地平线之下，还是我的升高已使它们再也不能被看见。不过我倾向于后一种情况。北方的那道冰缘越来越清晰。寒冷但绝非凛冽难耐。没什么重要事情发生，我在阅读中消磨了一天，毕竟我临行前还想到了带上一些书。

4 月 5 日。看到了一种奇怪现象，日出之后我能看见的地球表面大部分还笼罩在黑暗之中。但当阳光普照大地之时，我又看见了北方的那条冰线。它现在显得非常清楚，色泽看上去比海水深得多。我显然正在飞快地接近它的上方。我以为能再次辨认出东西方的各一线陆地，但不能肯定。天气温和。整天没有重要事情发生。早早躺下睡觉。

4月6日。意外地在一个适度的距离内看见了那块冰面，并看见一片巨大的冰面向北方地平线延伸。显而易见，如果气球保持现在的航向，它很快就会飘临北冰洋上空，而我现在毫不怀疑我最终会看见地极。整整一天我一直在向那块冰面靠近。快天黑之时，我视野中的地平线突然大大增长，这无疑是因为地球的形状是个扁球体，而我已飘在北极圈附近的扁平地区上空。当黑暗终于笼罩我时，我怀着担忧的心情躺下睡觉，生怕会错过观看到那么罕见的奇观的机会。

4月7日。早早起身，终于欣喜若狂地看到了北极，我没有半点犹豫就认定了这点。毫无疑问，它就在那儿，就在我的脚下。可是，唉！我此时已升得太高太高，下面的一切都没法看清楚。实际上，根据4月2日上午6点到8点40分（气压表之水银柱在此时升到极限）之间我在不同时刻的不同高度之数列来判断，完全可以推算出在当时，即4月7日凌晨4点，气球至少已升到海面之上7254英里的高处。这个高度也许已显得惊人，可计算得出的这个结果很可能还远远低于当时的实际高度。但不管怎样，我无疑是看到了地球的整个大直径，整个北半球就像一幅正交射影图展现在我脚下，而巨大的赤道圈则构成了我眼中的地平线分界线。不过二位阁下也许很容易想象，虽说北极圈内那个迄今未被探查过的狭小区域就在我正下方，因此它看上去并没有丝毫按透视法缩小的意味，但相对说来那片区域本身就太小，从这么高的地方看下去不可能看得很清楚。然而，所能看到的确实是一番奇妙而动人的景象。稍加保留地说，上文提到的那道巨大冰面可以被称作是人类在这一地区发现之极限，由此极限再往北，伸延着一块完整或几乎完整的巨大冰原。在开始的几个纬度上，可以明显感觉到这片冰原渐渐变平，继续往北便降低为一片平原，最后变成一个不小的凹面，在地极形成一个清晰可见的圆心，其显而易见的直径以65秒的角度与气球相对，其不断加深的微黑色始终比整个北半球其他任何一点都暗，偶尔还变成绝对的漆黑。除此之外就很难再确定什么。到中午12点，那个圆心看上去已变得很小，而到下午7点则完全从我眼中消失。气球飘过了那片冰原西方的突出部，以极快的速度向赤道飘去。

4月8日。发现地球的直径明显缩短，而且颜色和外观也有了很大变化。我所能看见的这一面全都不同程度地呈现出淡黄色，有些部分甚至还发出耀眼的光芒。我的视线还在相当程度上受到地球表面附近浓密气层中云团的阻碍，我只能在云团的缝隙中偶尔看到地面。在过去48小时内，我的视线已多多少少受到这种阻挠，但我现在巨大的高度好像把那些飘浮的云雾聚得更拢，而且随着我越升越高，我当然会越来越难看清地面。不过我现在还能轻易地看出气球正翱翔在北美大陆那片巨大的湖区上空，朝着正南方向飘行，这将很快把我带到热带地区。这一情况并非没有使我打心眼儿里感到高兴，我把它作为成功的吉兆而为之欢呼。其实此前的航向早已使我心里充满了忧虑。显而易见，我要是继续那样飘下去，那我完全没有可能到达月球，因为月球的轨道与黄道的倾斜度只有小小的5度8分48秒。虽然这也许会显得奇怪，可我正是在这么晚的时候才开始明白我已经犯了一个极大的错误，没有选择在月球椭圆形投影中的某一点离开地球。

4月9日。今天地球的直径看上去大大缩短，表面的黄色也每时每刻都在加深。气球稳定地保持朝南的航向，晚上9点飘临墨西哥湾北岸上空。

4月10日。今晨5点我突然被一阵可怕的噼啪声惊醒，我无论如何也没法解释这阵巨响的原因。声音持续的时间很短，但当它持续时，我听出那是一种我从不曾听见过的声音。不消说我当时真是惊恐万状，因为我起初还以为是气球的爆炸声。然而待我仔细地检查所有的设备，却没有发现任何故障。一天的大部分时间都在想这件奇怪的事，但始终没有找到能解释其原因的答案。郁郁不乐地躺下睡觉，同时心里感到惴惴不安。

4月11日。地球看上去已小得令人吃惊，同时我第一次注意到，只差几天即为满月的月球已明显变大。现在得花更长的时间和更多的劳动才能保证吊舱里有足够维持生命的浓缩空气。

4月12日。气球的航向发生了一次奇怪的变化，尽管我对此早有预见，但仍然感到喜出望外。在以原来的航向到达南纬20度时，气球忽然向东转了一个锐角，此后一整天都朝着这个方向前进，如果说不上完全，也可以说是差不多一直保持在月球椭圆形投影之中。值得一提的是，随着方向的改变，吊舱里明显地感到了一种振荡，一种时强时弱地持续了好几个小时的振荡。

4月13日。再次被那种可怕的噼啪声惊醒，我吓得魂不附体。久久地思索这件怪事，但最终还是百思不得其解。地球看上去又小了许多，它此刻正在侧下方与气球形成稍稍大于25度的角度。月球已完全不见，因为它差不多已移到我的头顶上。我仍然处于它的椭圆形投影中，但基本上已不再东移。

4月14日。地球的直径以极快的速度缩短。今天我获得了一个强烈的印象，气球实际上正朝着月球轨道近地点之拱点线飞升，换句话说，它保持的航向将使我在月球轨道离地球最近的部分登上月球。月球已移到我头顶正上方，因而完全脱离了我的视线。必须长时间地花大量精力才能获得足够的浓缩空气。

4月15日。现在连地球表面陆地海洋的轮廓也难以辨认。12点左右，我第三次听到了那种曾使我心惊胆战的可怕声音。但这一次它持续了好一会儿，而且听起来越来越震耳欲聋。最后，正当我吓得魂飞魄散，呆呆地站在舱内等待着我不知究竟的灾难时，吊舱突然猛烈地振动起来，接着一大块我没能看清的燃烧着的物质犹如千万个雷霆从气球旁边轰隆隆地呼啸而过。待我的惊恐稍稍平息之后，我很容易就猜到那肯定是某种巨大的火山碎片，是从我正急速接近的那个世界喷发而出，它很可能就是我们在地球上偶尔拾到的那种奇异物质，因缺乏更好的名称我们把它称为陨石。

4月16日。今天，交替着从每个侧窗尽可能朝上仰望，我欣喜若狂地看到月球圆盘之外沿好像有一小部分突出在气球巨大的气囊周围。我感到无比振奋，因为我现在毫不怀疑这次危险的航行很快就会结束。当然，浓缩空气的频率增加，这对我精力的消耗已到了令我难以承受的地步，使我简直得不到任何喘息的机会。现在睡觉几乎已成为不可能的事。我好像病得非常厉害，浑身因精疲力竭而不住发抖。人类的肌体不可能再继续长时间地承受这种剧烈的痛苦。在现在已经变得很短的夜里，又有一块陨石从我旁边呼啸而过，这种现象的频频发生开始使我感到极大的不安。

4月17日。今天早晨证明是我航行中的一个新纪元。还记得13日那天地球与我相对的角度是25度，到14日这个角度已大大变小。15日这个角度的减少更加明显。而在16日晚上睡觉之前，我曾注意到那个角大约已缩小到7度15分。所以，当我今晨从短暂而不安的睡眠中醒来，发现身下的地面与我相对的角度突然惊人地增大到了39度，我心中那种惊讶肯定不知有多强烈！我顿时觉得像是遭到了雷击！没有任何语言能形容当时把我攫住并把我压垮的那种极度恐惧和极度惊骇。我两腿哆嗦，我牙齿打战，我浑身毛发倒立。“这么说是气球爆了！”我脑子里首先闪过的就是这可怕的念头，“气球肯定已经爆炸！我正在坠落，以最快最猛、最无可比拟的速度在坠落！根据已经飞速坠下的巨大距离来判断，最多再过十分钟我就会坠到地球表面摔得粉身碎骨！”但思想终于使我松了口气。我开始踌躇。我开始考虑。我开始怀疑。这种事情绝不可能。我无论如何也不该以这么快的速度坠落。再说，尽管我正在明显地接近身下的地面，但接近的速度绝没有我一开始所想象的那么快。这番思考已足够平息我心中的惊惶，使我终于发现了这种现象的真正原因。实际上，肯定是那阵惊骇使我一时间丧失了辨别能力，结果没能及时看出我身下的地面与地球表面之间的巨大差别。其实地球已移到我的头顶，完全被巨大的气囊遮住，而月球，美丽壮观的月球，此时正展现在我的脚下。

这一位置的奇妙变化在我心中造成的恍惚和诧异也许是这次历险中最难解释的部分。因为这种上下颠倒本身不仅天经地义，不可避免，而且实际上早已被预见。我早就料到，无论何时只要我到达旅途中的某个确切位置，地球的引力便会被其卫星的引力所取代，或更准确地说，是地球作用于气球的引力将小于月球作用于气球的引力，于是气球颠倒的情况就会发生。毫无疑问，是我刚刚醒来时的稀里糊涂使我对这一现象感到震惊，因为虽说我对此早有预料，但并没料到会发生在哪个时刻。当然，颠倒本身肯定是发生得非常自然，非常缓慢，而且非常不易察觉，所以即便我当时醒着也不可能凭舱内的任何迹象感觉到气球在颠倒，也就是说，我既不会感到自己身体不适，也不会发现仪器装备出现混乱。

不言而喻，当我终于弄清了自己的境况，当我从震撼了我每一根神经的恐惧中镇静下来，首先吸引我的就是月球的自然概貌。月球表面像一幅地图铺展在我的下方，尽管我认为它离我尚有相当远一段距离，可它的凹凸不平在我看来已非常明显，明显得令人吃惊，令人不可思议。月面上完全没有汪洋或大海，实际上也没有湖泊、河流或任何形式的水体，这种最为异常的地质特征第一眼就给我留下了深刻印象。可说来也怪，我居然看见了一块块明显具有冲积扇特征的广漠平原，尽管当时我所能看见的半球之大部分都布满了看上去像是人工堆成而非天然隆起的锥形火山。这些火山中最高者之垂直高度不会超过三又四分之三英里，不过若借助一幅意大利坎帕尼亚火山区地图，二位阁下对这些火山概貌的印象，会比我所能想到的任何笨拙的描述都更清晰。它们中的大部分显然正处在喷发状态，那种所谓的陨石现在越来越频繁、越来越可怕地轰鸣着从气球周围呼啸而上，这使我惊恐地了解了那些火山的猛烈和威力。

4 月 18 日。今天我发现月球的体积已大大增加，而我下降速度之明显加快已开始令我感到恐慌。应该记住，在我最初考虑登月之可能性时，我曾预测这颗行星周围存在着其浓度与它的体积成比例的空气。尽管这个预测与许多理论相悖，而且人们普遍不相信会有任何形式的月球大气层存在。然而，除了我在谈到恩克彗星和黄道光时已经提出过的那些论据之外，利林塔尔的施勒尔特先生[1]所进行的一些观察也使我坚信自己的看法。他在新月两天半之后，在太阳刚刚落下的傍晚，在月球之黑暗半球显露之前就开始观察，一直观察到它显露。观察中发现，两个月角好像逐渐变细伸入一个暗淡但明显的延长部分，而在黑暗半球之任何部分显露之前，两个延长部分已各自显现出被太阳光微微照亮的尖端。不久黑暗半球的边缘被照亮。我认为，两个月角超过半圆的延长部分肯定是由月球大气层对阳光的折射所致。我还算出这个大气层的厚度为 1356 法尺[2]（因为该大气层足以把阳光折射进黑暗半球，并在月球从新月位置上升到与地球的夹角为 32 度时产生出一种比地球的反射光更亮的微光）。由此我

1　施勒特尔（Johann Hieronymus Schröter，1745—1816），德国天文学家，曾任萨克森地区利林塔尔市市长，在该市建大型天文台，使之一度成为天文学中心。

2　1 法尺等于 0.32484 米，比 1 英尺（0.3048 米）略长。

推测该大气层可折射阳光的最高点为5376英尺。我对这一问题的见解还被《自然科学记录》第82卷中的一段文字所证实，据该书陈述，在一次木星卫星的掩星过程中，木卫三在模糊了一两秒后完全消失，而木卫四之边缘部分则变得难以辨别。[1]

当然，我把最后安全着陆的希望完全寄托于月球表面有一个如我所料的浓密气层。我指望这个气层的阻力，或更严格地说是指望它的支撑。毕竟，如果届时证明我推测错了，那我这次冒险所能指望的就只有一个结局，即摔在这颗卫星崎岖的表面化为齑粉。而事实上，我当时有充分的理由感到恐惧。相对说来我离月球的距离已微不足道，可浓缩空气所需要的精力却丝毫没有减少，我看不出舱外的稀薄空气有任何变浓的迹象。

4月19日。上午9点左右，我惊喜地发现月球表

1 赫维留写道，当天空非常晴朗，连六等星和七等星都明显可视之时，他曾数次用同一架望远镜以同样的距角对同一高度的月球进行过观测，结果发现月球及其暗斑之亮度并非在任何时候都相等。据观测所具备的条件来看，该现象之起因显然不在于地球大气、望远镜、月球本身或者观测者的眼睛，而肯定在于月球周围存在着某种物质（一个大气层？）。让－多米尼克·卡西尼曾多次观测到，当土星、木星和一些恒星接近月球发生掩星现象时，它们的圆轮都变成了椭圆形；而在另外一些掩星过程中，他却没有发现这种变化。因此可以认为，在某些时候，而不是在另外的时候，有一种浓密的物质包裹着月球，那些天体的光芒在这种物质中被折射。——原注 [【译者按】赫维留（Johannes Hevelius，1611—1687），波兰天文学家。卡西尼（Gian Domenico Cassini，1625—1712），法国天文学家。]

面已近在咫尺，正当我的恐惧达到极限，浓缩器的送气泵终于显示出舱外空气的密度有了变化。10点，我已有理由相信舱外空气的浓度在急剧增加。11点，我几乎已用不着耗费精力来操纵浓缩器。而到12点，稍稍犹豫一番之后，我冒险松开了扎橡胶袋的带子，当发现这样做并无什么不妥，我终于把橡胶袋完全拉开，并将其沿吊舱四壁拉到舱底。正如可以预料的一样，这个如此轻率和冒险的试验马上就给我带来了痉挛和头痛。但这些症状和其他伴随着呼吸困难的不适感似乎并没有达到危及我生命的程度，我决心咬紧牙关尽量忍受，心想只要更接近月球，进入更浓密的气层，这些症状就会自然消失。然而我的下降仍然非常迅猛，而且很快我就惊恐地看出，尽管我对月球表面有一个与其质量成比例的大气层这一点很可能没有弄错，但我在另一点上完全错了，那就是我错误地认为这个大气层的密度足以支撑我的气球及其装载物的巨大重量，至少在临近月球表面时足以支撑。而情况本来应该如此，应该和在地球表面的情况一样，假如这两颗行星作用于物体的重力真与其周围空气的密度成正比。但情况并非如此，我的迅猛坠落就是有力的证明。为什么不像预料的那样？这只能解释为与我上文提到过的那些地质上潜在的紊乱有关。但不管怎么说，我现在总算已飞临这颗行星，并正在以最可怕的速度急剧下降。因此我立即动手把所有压舱物抛出舱外，接着又扔掉全部水桶，然后是浓缩器和橡胶袋，最后丢掉了吊舱里的每一样东西。但这番努力全是徒劳。我仍在以可怕的速度飞快下坠，而此时离月球表面已不足半英里。于是作为最后一招，我脱掉了大衣和靴子，并砍掉了其重量相当可观的吊舱本身。这样，我用双手直接抓住索网，尽目力所及勉强俯瞰了一眼身下星罗棋布地点缀着小小住宅的地面，然后就一头跌在了一座古怪城市的中央，落在了一大群相貌丑陋、身材矮小的人当中。这些人谁也没吭一声，也没谁给予我丝毫的帮助，而全都像白痴一样站在我周围，非常滑稽地嘻嘻直笑，双手叉腰斜着眼看我和我的气球。我轻蔑地避开他们的目光，抬眼仰望天上的地球，那个我不久前才告别而且也许是永别的地球。它看上去像一面色泽暗淡的巨大的铜盾，一动不动地高挂在我头顶的天际，盾的一边镶着一弯金光灿灿的新月状饰边。再也看不出陆地或海洋的轮廓，它的表面布满亮度有变化的暗斑，并依稀可见赤道和回归线形成的条带。

就这样，但愿二位阁下乐于知道，我历尽了闻所未闻的千难万险，经过了无可比拟的九死一生，终于在离开鹿特丹之后的第19天平安地到达了我航行的终点。这无疑是由地球居民所构想、进行并完成的最非凡、最重要的一次航行。可我还没开始讲我在月球的各种奇遇。其实二位阁下也许不难想象，在一颗不仅其自身特征非常有趣，而且因作为地球卫星而与人类居住的世界有着更有趣的紧密联系的行星上居住五年之后，我会有许多消息值得告诉你们学会，这些消息远比我那次幸运而成功的航行细节更为重要，不管那些细节是多么精彩。实际情况的确如此。我有许多许多我非常乐意告诉你们的消息。我要谈这颗行星的气候，谈它奇妙的冷暖变化，谈它一连半个月的烈日高照，谈它另外半个月的天寒地冻，谈它的水分像被真空蒸馏一样从日晒点移到远离日晒点之处，谈它的一个变幻不定的流水带，谈月球居民本身，谈他们的风俗习惯、生活方式和政治制度，谈他们奇异的生理结构，谈他们丑陋的相貌，谈他们没有耳朵（那种附属器官在一个变得如此独特的大气层里毫无作用），谈他们因此而对语言之运用和特性之完全无知，谈他们用来代替语言的一种奇特的沟通方式，谈每一个单独的月球居民与某一个单独的地球人之间所存在的一种难以理解的关系，一种类似于并依靠于两星轨道关系的一种关系，通过这种关系，一颗星球上居民的生命和命运与另一颗星球上居民的生命和命运交织在一起。而最重要的是，如果二位阁下真想知道的话，我还要谈谈藏在月球另一面的那些隐晦而可怕的秘密。由于月球的自转周期和绕地球转动的周期几乎令人不可思议地完全相等，所以它的另一面从来没有，而且因为上帝的怜悯也永远不会，转向人类天文望远镜的镜头。所有这一切，还有其他许多许多，我都非常乐意详细地告诉你们。但长话短说，我必须得到报偿。我渴望重返故乡与家人团圆，而作为我进一步向你们提供信息的报偿，考虑到我有能力为自然科学和形而上学的许多重要学科带来新的启迪，我必须请求，利用你们受人尊敬的团体之影响，请求赦免我离开鹿特丹时所犯下的造成三名讨债人死亡的罪行。这便是我写此信的目的。送信人是一位月球居民，我说服他并正确地指导他来地球为我送信，他将恭候二位阁下的恩惠，为我带回我所请求的赦免，如果这一赦免能以任何方式获得。

如此这般，不胜荣幸。

你们谦恭的仆人

汉斯·普法尔

据说刚读完这封离奇的长信，卢巴迪布教授在极度惊讶中把烟斗掉在了地上，而冯·昂德达克市长则取下眼镜擦了擦并揣进兜里，完全忘记了自己的身份和尊严，在极度的惊讶和赞叹中用脚后跟一连转了三个圈。此事毋庸置疑，赦免应该得到。卢巴迪布教授最后断然发誓，而大名鼎鼎的冯·昂德达克终于也这么认为，于是他挽住他那位科学界同事的胳臂，一句话没说就开始抄近路回家，准备回去细想获得这项赦免的方法。可刚到市长府邸的大门口，教授突然大胆地提出，既然那位送信人已经认为溜走为妙（无疑是被鹿特丹市民凶悍的外貌吓得要命），那获得赦免也毫无用处，因为除了月球人谁也不会去完成如此遥远的一次飞行。市长赞同了这一真知灼见，所以这件事便宣告结束。可是传闻和猜测并没有到此为止。那封信被公开发表，引出了各种各样的意见和流言蜚语。一些过分聪明的人甚至可笑地说，那件事不过是一场骗局。但我相信对这些聪明人来说，凡他们弄不懂的事都会被视为骗局。就我自己而言，我实在想象不出他们的这一指责有何真凭实据。且让我们来看看他们都说了些什么。

首先，鹿特丹的某些小丑对某些市长和天文学家怀有某种特别的反感。

其次，一个曾因不端行为被人割掉了两只耳朵的会变戏法的侏儒已从邻近的布鲁日市失踪了好几天。

其三，贴满那个气球表面的报纸是荷兰报纸，因此不可能是在月球上印成。它们是下流小报（非常下流），印刷工布吕克可以对着《圣经》发誓说它们是在鹿特丹印刷的。

其四，酒鬼恶棍汉斯·普法尔本人以及那三个被称为债主的游手好闲之徒两三天之前被人看见在郊外一家酒馆，当时他们正从海外旅行归来，每个人的口袋里都揣着钱。

最后，人们普遍认为，或者说人们应该普遍认为，毫不夸张地说，鹿特丹市天文学学会的天文学家，以及世界各地其他学会的天文学家，更不用说一般学会的一般天文学家，都不像他们应该的那样更合格、更称职、更有学问。

附记：

严格说来，上面这个故事与洛克先生那个尽人皆知的《月球故事》[1]很少有相似之处，但由于两者都具有骗局的特征（尽管一个以调侃的口吻，另一个用严肃的语气），由于两个骗局都是关于月球这一主题，加之两者都试图用科学上的细节使故事显得逼真，所以，

1 指美国记者理查德·亚当斯·洛克（Richard Adams Locke，1800—1871）于 1835 年 8 月下旬在《纽约太阳报》上连载的长篇报道《约翰·赫舍尔爵士的天文学新发现》（*Great Astronomical Discoveries Lately Made by Sir John Herschel*），其单行本后称《月球故事》或《月球骗局》。

为了替自己辩护,《汉斯·普法尔》的作者认为有必要宣称，他自己这篇游戏之作在《南方文学信使》上发表的日期比洛克先生的大作在《纽约太阳报》上开始连载的日期大约早三个星期。以为有一种也许并不存在的雷同，一些纽约的报纸转载了《汉斯·普法尔》,并把它与《月球骗局》进行对照，想从一篇作品的作者身上看到另一篇作品的作者。

由于对更多的人来说，与其说是乐于信以为真，不如说实际上是被《月球骗局》所欺骗，所以笔者在此说明为什么不该有人受骗，剖析那些竟然使人信以为真的故事细节，这也许能为公众提供一点乐趣。事实上，不管这篇精巧的小说所展示的想象力有多么丰富，但因对事实和普通类推注意不够，所以仍然缺乏本来可大大加强的说服力。公众上当受骗，哪怕是一时被哄骗，仅仅证明了人们对天文学知识普遍而极端的无知。

说个整数，月球和地球的平均距离是 24 万英里。如果我们想弄清一架天文望远镜能在视觉上使这颗卫星看上去有多近，我们当然只消用该望远镜的放大倍数去除该距离，或更严格地说，是用该望远镜的空间透视放大率去除。洛克先生把他那架望远镜的放大率定为 4.2 万倍。用这个数除 24 万(距月球的实际距离),

我们得到五又七分之五英里这个视觉距离。从这么远的距离任何动物也不可能被看见，更不用说该故事中所详述的那些细微特征。洛克先生说约翰·赫舍尔爵士看到了月球上的花（罂粟花等），甚至还看清了小鸟眼睛的颜色和形状。而且在此段描写之前不远处，他又说那架望远镜观测不到直径小于18英寸的物体。但正如我刚才所说，即使这也大大超过了他那架望远镜的空间透视能力。阅读该故事时可以读到，那架巨大的望远镜据说是在苏格兰邓巴顿由哈特利及格兰特先生的玻璃制镜厂定制，但那位先生的工厂在这个骗局问世之前就早已关闭多年。

《月球骗局》单行本第13页上谈到一种野牛眼圈上的“一种绒毛帘”时说:“赫舍尔博士马上就敏锐地想到，那是一种天赋的器官，用来保护那种动物的眼睛，使其免于遭受朝向地球一面的月球居民周期性遭受的光明与黑暗之极度悬殊的刺激。”可这一点不能被认为是那位博士的“敏锐”观察。朝向地球一面的月球居民显然是压根儿就没有黑暗，所以更谈不上什么“极度”。当没有阳光的时候，月球居民能沐浴到来自地球的光，这种光的亮度相当于13个无云遮掩的望月之月光。

尽管作者声称他通篇的月球地形均与布伦特的月

面地图相符，可实际上却与该地图或其他任何月面地图大相径庭，甚至连本身的描绘也自相矛盾。该书中的罗经点也令人不解地混乱不堪，好像作者并不知道月面地图上罗经点的标法与地球上的标法并不一致，譬如东方被标在左边等。

也许是对云海、静海、丰富海这些前辈天文学家给予月球暗斑的含糊名称望文生义，洛克先生详细地描绘了月球上的海洋和江河湖泊，其实天文学上最明确的一点莫过于查明了月球上并不存在那样的水体。（在蛾眉月时或凸月时）观测月面的明暗分界线，可见该线穿越任何暗斑时都呈参差不齐的锯齿状，假若那些暗斑是水面，分界线穿过显然不应该曲折。

第 21 页上对蝙蝠人翅翼的描绘，实际上不过是彼得·威尔金所描述的海岛飞人翅膀的翻版。这种愚蠢的写法本来应该令人生疑，至少可以引人三思。

在第 23 页上我们可读到以下文字：“当这颗卫星还处于萌芽状态之时，作为化学亲和力的被动实验对象，我们这个比它大 13 倍的星球肯定一直对它施加了一种巨大的影响！”这段文字写得非常不错，但应该注意的是，没有任何天文学家会在任何科学杂志上发表这样的议论，因为可以肯定地说，地球比月球并非只大 13 倍，而是大整整 49 倍。相似的一个谬误占据了该书的最后几页，作为对土星上某些发现的介绍，那位哲人般的记者竟像一名小学生似的对那颗行星进行了一番详细的描述，而且声称其文内容摘自《爱丁堡科学杂志》!

不过该书中有一点特别能够说明它是虚构。让我们设想，若真有望远镜能让观测者从地球看到月球表面上的动物，那么首先吸引观测者注意力的应该是什么呢？肯定不会是它们的形状、大小或任何诸如此类的特征，而应该是它们奇怪的坐落情况。它们看上去会像天花板上的苍蝇那样以脚朝上头朝下的姿势行走。真正的观测者会马上惊叹这种奇特的姿势（不管他事先对月球的了解有多充分），而那位虚构的观测者对这种情况连提也没提，一开始就大谈而特谈他看见了那些动物的整个身体。然而可证明的是，他只能看见它们的头顶!

最后，我们还可以注意到那些蝙蝠人的身材，尤其是他们的能力，比如他们在那么稀薄的大气中飞行的能力（如果月球真有大气层的话）。另外该书对动植物生存的大部分其他幻想，基本上都与人们对这些论题所作的类比推理不符，而在这点上的类推往往相当于最后结论。也许已没有必要再说，故事开篇强加于布鲁斯特和赫舍尔的关于“一种人造光对观测物焦点之渗透”等联想，严格说来全都属于那种前言不搭后语的象征描写。

视觉上对天体的发现有一个现实而明确的限制，一种稍加说明便可了解的限制。实际上，假若造出大尺寸的透镜便是发现天体所需要的一切，那人类的聪明才智终将证明足以胜任，因为我们终将拥有任何所需尺寸的透镜。可不幸的是，随着透镜尺寸的增加，即随着空间透视放大率的增加，被观测物发出的光则由于散射而成比例地相应减弱。而人类对这个不幸却无能为力，因为一个物体之所以被看见，是通过发自该物体的光，无论是直射光还是反射光。所以，那种能有助于洛克先生的独一无二的“人造”光应该是一种他有能力射出的人造光，但不是射在“观测物焦点”上，而是射在真正的观测物上，即射在月球上。人们已经轻易地算出，当发自一颗恒星的光经过长期漫射，以至微弱到晴朗无月之夜一般星光的程度，那该恒星实际上再也不会被看见。

罗斯伯爵那台最近在英格兰制造的望远镜有一个反射面为 4071 平方英寸的窥器，而那位赫舍尔的望远镜反射面只有 1811 平方英寸。罗斯伯爵的透镜直径为 6 英尺，其边缘厚度为五又二分之一英寸，中央厚度为 5 英寸。该镜重 3 吨。焦距为 50 英尺。

我最近读到过一本非常奇妙而且有几分别出心裁

的小书，其扉页上印着："《月球上的人——幻想中的登月旅行最近被西班牙探险家多米尼克·冈萨雷斯揭秘》，又名《飞行使者》。此书由让·博杜安[1]译成法语，由巴黎弗朗索瓦斯·皮奥出版社和瓜纳尔出版社于1648年联袂出版。"该书共有176页。

该书作者冈萨雷斯声称他的书是从一位戴维森先生的英文本转译而成的，不过他的声明语焉不详。他说："我从戴维森先生处得到此书的原版。戴维森先生在当今文学界，尤其是在自然科学界享有盛名。我感谢他不仅因为他使我拥有了此书的英文本，而且还因为他使我拥有了托马斯·达兰先生的手稿，达兰先生是一位因其美德而为人称道的苏格兰绅士，坦率地说，我就是借助该译本而写出了我自己的书。"

在开篇30页来了一大段与主题毫不相干的吉尔·布拉斯式的冒险之后，该作者讲述他在一次海上航行中身患疾病，水手们把他和一名黑人奴仆丢在了圣赫勒拿岛上。为了增加获得食物的机会，主仆二人便尽可能远地分开生活。这样就引出了一段训练鸟来为他俩传书递信的故事。渐渐地，这些鸟已被教会运送有一定重量的小包，而且包的重量也逐渐增加。最后，

1 让·博杜安（Jean Baudoin，1590—1650），法国翻译家。

作者终于想到把许多鸟的负重力合在一起，以便能载起他自身的重量。为此目的他设计出了一种机械装置。我们从书中可读到关于这个装置的详尽描绘，它是用一幅钢板雕刻画为原料制成。这下我们看到脖子上围着绣花褶边、头上戴着假发的冈萨雷斯先生骑上了那个模样很像是扫帚柄的装置，该装置被一大群野天鹅带上天空，因为每只天鹅的尾巴都用绳子拴在那个装置上。

这位先生的故事要点在于一个非常重要的事实，而读者对这一事实一直全然不知，直到快把书读完才恍然大悟。原来已经与主人公亲密无间的那些野天鹅其实并非圣赫勒拿岛上的土著，而是月球上的居民。它们自古以来就习惯每年定期从月球迁栖到地球的某个地方。当然，到一定的季节它们又会返回月球。而有一天，当作者碰巧要它们做一次短途飞行时，却出乎意料地被它们带着直往上飞，并在很短的时间内就飞到了那颗卫星。于是他从月球上诸多怪事当中，发现那里的人民生活得很幸福。他们没有法律。他们死时没有痛苦。他们的身高从 10 英尺到 30 英尺。他们的寿命平均为 5000 年。他们有一个名叫爱尔多罗泽的皇帝。而且由于没有引力作用，他们能跳 60 英尺高，还能用扇状翼飞来飞去。

我禁不住要摘抄该书有关科学常识的一段文字。

冈萨雷斯先生在书中说："我现在得告诉你们我当时所在的那个地方的情景。所有的云都在我脚下，如果你高兴,或许我可以说是在我和地球之间。至于星星，由于我所在的地方没有黑夜，所以它们看上去总是一个模样，如往常一样并不璀璨，而是暗淡无光，很像清晨所看到的月亮。不过很少能够看见它们，而据我判断，这些星星看上去比在地球居民眼中要大10倍。差两天就是望月，那时月球会大得惊人。

"在此我绝不能忘了说，星星只出现在地球朝向月球这一边的天空，它们离月球越近便显得越大。我还必须告诉你们，不管是天气晴朗还是有暴风雨，我发现自己总是直接处于月球和地球之间。我想这有两个原因：一是我的那些鸟总是直线飞行，二是每当我们试图停下来休息，我们就不知不觉地被带着绕地球旋转。因为我承认哥白尼的观点，他坚持认为地球从不停止自东向西旋转，不是绕着通常被称为地轴的赤道圈极点，而是绕着黄道圈极点。这个问题我打算以后再更多地谈论，等我有空回想起我年轻时在萨拉曼卡学过但后来又忘了的占星学时再说。"

虽说有用不同字体标出的那些谬误，但由于此书为我们了解当时天文学界流行的观点提供了一个自然标本，所以它并非不值得予以注意。当时的一种观点假定“地心引力”只局限于离地球表面很近的距离，因此我们看到我们那位航行者“不知不觉地被带着绕地球旋转”之类的文字。

另外还有过一些“登月飞行”的故事，但都不如刚才提到的那个更有价值。贝热拉克[1]的那一篇可以说毫无意义。在《美国评论季刊》第3卷中，可读到一篇就我们正在谈论的这种“旅行”而精心炮制的评论。可从那篇评论中，读者很难看出那位批评家到底是在揭露他所评之书的愚蠢，还是在展示他自己对天文学的可笑无知。我忘了那本书的标题，不过书中的旅行工具构想得甚至比冈萨雷斯先生的天鹅还令人惊叹。那位冒险家挖土时碰巧发现了一种特殊的金属，而月球对这种金属具有很强的吸引力，于是他马上用这种金属做了口箱子，当解开把箱子系于地面的缆绳之时，那口箱子载着他一下子就飞上了那颗卫星。《托马斯·奥罗克飞行记》并非一部可以完全嗤之以鼻的游戏之作，而且已经被翻译成德文。小说主人公托马斯实际上是一位爱尔兰贵族的猎场看守人，那位贵族古怪的性情引出了这个故事。“飞行”工具是一只鹰，出发地点是

1 贝热拉克（Savinien Cyrano de Bergerac，1620—1655），法国剧作家，写有《月球旅行》（*Voyage dans la Lune*，1656）。

班特里海湾北岸一座名叫亨格里山的高山。

这些书的目的都在于讽刺抨击，其主题都是把月球居民的风俗习惯与地球人的进行对比。这些书没有一本对飞行细节的合理性下过功夫。那些作者似乎无一例外全都对天文学一窍不通。《汉斯·普法尔》的构思是新颖的，因为在这种异想天开的主题允许的前提下，作者尽可能逼真地把科学原理运用于从地球到月球的实际航行。

塔尔博士和费瑟尔教授的疗法

18××年秋天，在一次穿越法国最南部各省的漫游中，旅途把我引到了离一座疗养院，或者说离一家私立疯人院只有几英里远的地方。关于这家疯人院，我在巴黎时曾听医学界的朋友谈到过它的详情。由于从未见识过这种地方，所以我认为不可失去此次良机。于是我向旅伴（一位几天前偶然结识的先生）提出建议，说我们应该离开大道，花上个把小时去看看那个地方。对此他断然拒绝，先是借口说他行程匆忙，随后又改口说他非常害怕见到精神病患者。不过他求我千万别仅仅为了对他表示礼貌而妨碍了我对好奇心的满足，并说他会让马慢慢走，以便我可以在当天，或无论如何也可以在第二天追赶上他。当他向我告别时，我忽然想到说不定要进那家疯人院会有什么困难，于是我道出了自己的这种担心。他回答说，事实上除非我本人认识院长马亚尔先生，或是持有某种书面凭证，不然就会发现很难进去，因为这些私立疯人院的清规戒律比公立医院的更加严格。随后他补充说他本人在几年前认识了马亚尔，他可以陪我骑马到疯人院门前并为我引见，尽管他对精神错乱这种事所抱有的反感不会允许他进入那道大门。

我向他表示感谢，然后我俩勒缰离开大道，拐上了一条杂草丛生的小路。半小时后，小路几乎消失在一片靠近山脚的密林之中。我俩策马在那片阴暗潮湿的森林中穿行了两英里左右，那座疗养院终于出现在眼前。那是一座式样古怪且破败不堪的别墅，实际上由于年久失修，看上去简直已不宜居住。它那副外貌在我心中唤起了纯然的恐惧，我收住缰绳差点儿决定掉转马头。但我很快就为自己的懦弱感到羞愧，于是纵缰继续前行。

当我们走近门边时，我发现大门虚掩着，一张脸正在朝外窥视。转眼之间那人走了出来，直呼其名与我的旅伴搭话，非常亲切地同他握手，并请求他下马。此人正是马亚尔先生。他是个身躯魁梧、仪表堂堂的老派绅士，并有一种给人深刻印象的优雅风度和一副庄重、高贵、威严的神态。

我朋友把我介绍给马亚尔先生，向他述说了我想参观的愿望，并得到了他所作的要尽心照料我的保证，然后就告辞离去，从此我再也没见到过他。

他走之后，那位院长把我引进了一间非常整洁的小客厅，在其他一些显示出高雅情趣的陈设当中，我看到有不少书籍、绘画、花瓶和乐器。一团令人愉快的火正在壁炉里熊熊燃烧。一位年轻貌美的女士正坐在一架钢琴前弹唱着贝利尼作的一首咏叹调。她见我进屋便停止了弹唱，温文尔雅地向我表示欢迎。她声音很低，举止柔和。我认为我还从她的脸上觉察到了悲伤的痕迹，那张脸虽说符合我的审美趣味，但并非苍白得令人讨厌。她穿着一身丧服，在我心中激起了一种敬重、关心和赞慕的混杂感情。

我早在巴黎时就听说，马亚尔先生的这家精神病院实施的是被法国人称作的“安抚疗法”，所有的惩罚一概废除，甚至连拘束也很少采用，病人虽然暗中受到监护，却充分享有表面上的自由。他们大多数都被允许在房前屋后散步，并像正常人一样衣着打扮。

怀着这些先入为主的印象，我在那位年轻女士跟前说话格外小心，因为我不能确信她是否有健全的神志。事实上，她眼中有一种不安的异彩使我多少推测她神志并不正常。于是我把交谈限制在一般话题上，限制在我认为即便对一名精神病患者来说也不会感到不快或是引起激动的那种话题上。她以一种完全合乎情理的方式对我所说的一切应答如流，甚至她独到的见解也显示出最健全的辨别力，但我长期积累的关于癫狂心理学的知识早已教会我别相信这种神志健全的迹象，所以在整个交谈之中，我始终小心谨慎。

不一会儿，一名身着制服的健壮男仆端进一个托盘，盘中有水果、葡萄酒和其他饮料及点心，和我们一道用过茶点之后，那位女士很快就离开了客厅。她一走我就向主人投去询问的目光。

“哦，不！”主人说，“她是我家里人，是我的侄女，而且是一位多才多艺的女人。”

“请务必饶恕我这般猜疑，”我回话道，“可你当然应该知道我为何请你原谅。你这儿的出色管理在巴黎知者甚众，因此我认为这很可能，你知道……”

“哦，我知道，请别再说了，认真说来应该是我向你表示感谢，感谢你刚才那番值得称赞的谨慎。我们很少发现有年轻人考虑问题如此周到，而正因为我们的一些参观者考虑不周，不幸的意外事故曾不止一次地发生。当我原来的方法还在施行的时候，我的病人被允许任意在周围漫步，那时一些轻率的来访者常常引发他们危险的癫狂，因此我不得不实施一种严厉的封闭法，凡是我信不过其谨慎者均不得进入这家病院。”

“当你原来的方法施行时！”我重复着他的话问，“那么，你是说我曾听那么多人提及的那种‘安抚疗法’已不再实施？”

“几个星期以前，”他答道，“我们已决定永远废弃那种方法。”

“什么！你真让我感到惊讶！”

“先生，”他叹了一口气说，“我们发现恢复旧有的惯例绝对必要。安抚疗法之危险性在任何时候都骇人听闻，而它的有利之处却一直被估计得过高。我认为，先生，如果说这种方法经过什么尝试，那它已经在这所病院接受了一次公正的检验。我们曾采用过有理性的人们提出的每一项建议。我真遗憾你未能早一点前来参观，因为那样你就可以自己加以评判了。不过我相信你熟悉安抚疗法，包括其细节。”

“未必尽然，我所知道的都是道听途说。”

“那么，我可以告诉你，安抚疗法大体上就是一种迁就和纵容病人的方法。我们从不反驳病人脑子里冒出的荒唐念头。相反，我们对这些奇思异想不仅迁就而且鼓励，而我们有许多最持久的治愈效果就是这样达到的。最能作用于精神病患者脆弱理性的方法莫过于归谬法，譬如，我们有一些病人幻想他们自己是鸡，其治疗方法就是坚持认为他们的幻想是事实，并责备他们太愚蠢以至未能对这一事实充分领悟，从而在一个星期内除了鸡饲料拒绝让他们吃别的东西。以这种方法，少许谷物和砂砾就可以创造奇迹。”

“可是，这种迁就就是安抚的全部吗？”

“当然不是。我们深信一些简单的娱乐活动，诸如音乐、舞蹈、一般的体育锻炼、纸牌和某些书籍等等。我们对待每一位病人都装作是在为他们治疗某种普通的身体疾病。‘精神病’这个字眼我们从不使用。关键的一点是让每一位精神病患者监视其他所有病人的行为。信任一名精神病患者的理解能力或判断能力便可赢得他整个身心。这样我们还能够节省一大笔雇护理人员的开支。”

“你们那时不施行任何惩罚？”

“对。”

“你们从不拘禁你们的病人？”

“很少那样做。偶尔有某位病人病情危急，或是疯狂劲儿突然发作，我们便将其送进秘密病房，以免他的疯狂影响到其他病人，待他情况有所好转我们才放他回到朋友中间，因为对这种发狂的病人我们没有别的办法。他通常会被转移到公立医院。”

“而你现在改变了这一切。你是想改善？”

“的确如此。那种方法有弊端，甚至有危险。幸运的是，它如今已在法国所有的精神病院中被废除。”

“我对你所说的感到非常诧异，”我说，“因为我确信，眼下这个国家的任何地方都没有其他治疗精神病的方法。”

“你还年轻，我的朋友，”主人答道，“不过总有一天，你会学会自己评判这世间发生的一切，而不去相信别人的闲言。对你所耳闻的一概不信，对你所目睹的也只信一半。至于说到我们的私立精神病院，显然是有位冒充博学的白痴给了你错误的印象。但等晚餐之后，待你从旅途劳顿中恢复过来，我将乐于领你参观这家病院，向你介绍一种新的疗法。在我看来，在每个目睹过其运作的人看来，这都是一种迄今为止所发明的最不可比拟、最行之有效的方法。”

“你自己的方法？”我问，“是你自己的一项发明？”

“我很自豪地承认，”他回答，“是我的发明，至少有一部分是。”

我就这样和马亚尔先生交谈了一两个小时，交谈之间他领我参观了院内的花园和温室。

“我现在还不能让你见我的病人。”他说，“对一个敏感的人来说，这样的参观通常多少都会令他感到震惊，而我并不想败了你晚餐的胃口。我们将举行宴会。我要让你尝尝梅勒沃尔特小牛肉，加上酱汁花椰菜，然后再来一杯伏涅沃葡萄酒，这样你的神经就会足够镇定了。”

6点钟时宣布晚宴开始。主人把我引入了一个宽敞的饭厅，那儿已经聚了不少客人，总数有25人或者30人。他们看上去都是有身份的人，肯定都有很高的教养，尽管我认为他们的服装过于华丽，多少有几分旧时宫廷中过于虚饰浮夸的意味。我注意到这些客人至少有三分之二是女士。她们中有些人的穿戴绝不会被当今巴黎人认为得体，比如说有好些年龄不会低于70岁的老太太都戴着大量珠宝首饰，诸如戒指、手镯和耳环之类，而且衣着也极不体面地袒胸露臂。我还注意到几乎没有哪件衣裙称得上制作精良，或至少说几乎没有哪件衣裙它们主人穿起来合身。这么张望之时，我发现了马亚尔先生在小客厅里向我介绍过的那位有趣的姑娘。可我看到她那身打扮时不由得大吃一惊，她身穿一条内有鲸骨环的裙子，脚蹬一双高跟鞋，而且头戴一顶脏兮兮的布鲁塞尔花边帽。那顶帽子太大，显得她那张脸小得滑稽可笑。而我第一次看见她时，她穿着一身非常合体的丧服。总而言之，那些人的穿着有一种古怪的意味，这在一开始使我又想到了“安抚疗法”，并以为马亚尔先生是有意在蒙我，为的是不让我因为发现与精神病患者同桌进餐而感到不自在。但随后我记起在巴黎时曾听人说过，南方的这些外省人行为异常古怪，还保留着许多过时的观念。接着我同他们中的几个人略一交谈，心中的疑虑马上完全消除。

尽管那饭厅也许已足够舒适宽敞，却没有任何过分优雅之处，譬如说地板上没铺地毯，不过在法国，地毯常常并非必不可少。还有窗户也没挂窗帘，紧闭着的窗板上装有安全铁条，像一般商店窗户上的铁条一样排成斜行。我注意到饭厅实际上是别墅的一个侧厅，所以这个平行四边形的三面墙上都开有窗户，门开在另一面墙上。三面墙上至少开有 10 扇窗户。

餐桌上的摆设极为壮观，堆满了各式餐具和几乎堆不下的各种菜肴。食物之多绝对达到了野蛮人的地步。单是肉类就足够亚衲族人[1]饱餐一顿。我一生从未见过如此奢侈浪费、如此暴殄天物的场面。然而，各种安排却显得没多少情趣，数不清的蜡烛发出的强光使我习惯柔和光线的眼睛感到极不舒服。那些插在银烛台上的蜡烛摆满了餐桌和整个饭厅里凡是能摆下的地方。有几位手脚麻利的仆人在席间服侍。在饭厅尽头的一张大桌子上坐着七八个摆弄提琴、横笛、长号

1 于希伯来人之前居住在巴勒斯坦南部之巨人族。参见《旧约·民数记》第 13 章第 13 节，《旧约·约书亚记》第 15 章第 14 节。

和铜鼓的家伙。这些家伙在晚宴之间使我感到非常烦恼，因为他们不时怀着奏出音乐的意图十分卖力地制造出一种无限变化的噪音，这种噪音似乎为其他所有人都带来了极大的快乐。

总之，我当时禁不住认为我所看见的每一件事都很古怪。不过这世界毕竟是由形形色色的人、各式各样的思想和千差万别的风俗习惯组成，而且我到过许多地方，早已成了对任何事都能漠然视之的过来人，所以我镇定自若地坐在主人的右首，津津有味地品尝摆在面前的美酒佳肴。

席间的谈话轻松活泼，包罗万象。女士们像通常一样说个没完。我很快就发现几乎所有的人都受过良好教育，那位和善的主人则有一肚子的奇闻逸事。他似乎很乐意谈起他作为一家私立疯人院院长的身份，而令我不胜惊奇的是，精神病这个话题实际上最为全体客人所津津乐道。他们就精神病患者的怪念头讲了许多引人发笑的故事。

“我们这儿曾经有个家伙，”坐在我右边的一位小个子胖先生讲道，“一个认为自己是把茶壶的家伙。顺便说一句，这个怪念头那么经常地钻进精神病患者的脑袋，这难道不是特别奇怪吗？法国几乎没有一家疯人院不能够提出一把这样的人茶壶。我们这位先生是一把不列颠合金壶，他每天早晨都要用鹿皮和铅粉拭擦他的身子。”

“后来，”正对面的一位高个子男人说，“就在不久以前，我们这儿有个家伙以为自己是一头驴，从比喻的意义上讲，你们可以说他名副其实。他是个麻烦的病人，我们费尽力气才把他管住。有很长一段时间他除了大蓟草什么也不吃，不过凭着坚持让他只吃大蓟草，他这种怪癖很快就被治愈。后来他又老是踢他的脚后跟，就这样踢，这样踢……”

“德科克先生！请你放规矩一点儿！”这时坐在说话者旁边的一位老女士打断了他的话，“请收好你的腿！你踢脏了我的缎袍！请问，有必要这样蹬脚踢腿地来加以说明吗？我们这位朋友用不着你的示范表演也肯定能听懂你的意思。老实说，你差不多就和你讲的那个倒霉家伙一样像头驴。你表演得的确非常逼真。”

“对不起！小姐！”德科克先生这样称呼并答话，“请原谅！我并无冒犯之意。拉普拉斯小姐，德科克先生为表示敬意而邀你共饮一杯。”

说到这儿德科克先生深深鞠了一躬，用非常正式的礼仪抛出一个飞吻，然后与拉普拉斯小姐互相祝酒。

“现在，我的朋友，”这时马亚尔先生对我说，“请允许我把这块梅勒沃尔特小牛肉放在你盘里，你会发现它异常鲜美。”

他说话时，三名健壮的仆人早已在桌上稳稳地放下了一个巨大的盘子，或者说木盆，开始我以为盆中盛的是那种“可怕的、变形的、巨大的瞎眼怪物”[1]。但定睛细看之后，我确信那只是一头整个烤熟的小牛，烤牛犊跪在盆中，嘴里塞了个苹果，就像英国人烤全兔一样。

“谢谢，不要，”我回答，“说实话，我并不特别喜欢这种……叫什么来着？这种什么尔特小牛肉，因为我觉得它不完全对我的胃口。不过我愿意换个盘子，尝尝兔子肉。”

桌上有好几个小盘子，所盛之物看上去像是一般的法国野兔，我可以向读者推荐，那是一种美味佳肴。

“皮埃尔，”主人唤道，“换掉这位先生的盘子，并给他一块猫兔肉。”

“什么肉？”我问。

“猫兔肉。”

“噢，谢谢，我想我还是不尝为好。我情愿自己动手来点儿火腿。”

我心中暗想，真不知道这些外省人吃些什么东西。

1 语出维吉尔《伊尼特》第 6 卷第 658 行。

我不会尝他们的猫兔肉，就此而言，也不会尝他们的兔猫肉。

“后来，”坐在餐桌末端的一个形容枯槁的人拾起了刚才被打断的话头，“后来，在各种各样的怪念头中，我们曾有过一位顽固地坚信自己是一块科尔多尔乳酪的病人，他手持一把小刀东游西逛，死乞白赖地求朋友们从他腿上切下一小片尝尝。”

“他毫无疑问是个大傻瓜，”有人插了进来，“但他不能同另一个傻瓜相比，除了这位陌生的先生，我们在座的都认识那个傻瓜。我说的是那个以为自己是瓶香槟酒的白痴，他嘴里总是发出呼哧呼哧的声音，就像这样。”

说到这儿，那人用一种我认为相当粗鄙的动作把右手拇指伸进嘴里顶住左腮帮，随之往外一抽，发出砰的一声，像是开瓶塞，然后凭着舌头在齿间灵巧的震动，模仿出一阵香槟冒泡的嗞嗞声，声音延续了好几分钟。我清楚地看到马亚尔先生并不很喜欢这番举动，但他一声没吭。这时话头被一个长得又瘦又小却戴着很大一头假发的人接了过去。

“后来这里有过一个笨蛋，”他说，“他把自己误认为是一只青蛙。顺便说一句，他的确很像。你要是见过他就好了，先生，”这时说话人对我说道，“看他表演那种天生的技艺对你的心脏会有好处。先生，如果那个人不是一只青蛙，那我只能说真遗憾他不是青蛙。他叫出的呱呱呱、呱呱呱的声音真是天底下最美妙的音调，降B调。当他像这样把胳臂肘撑在桌上，在喝过一两杯酒后，当他像这样鼓起嘴巴，像这样瞪圆眼睛，并像这样飞快地眨动，哦，先生，我敢说，我敢肯定地说，你一定会陶醉于赞美此人的天才。”

“对此我深信不疑。”我说。

“而后来，”另一个人说，“后来就是珀蒂·加亚尔，他以为自己是一撮鼻烟，并因为不能将自己捏在两指之间而大为苦恼。”

“后来有位朱尔·德苏利埃，真是一个非常奇特的天才。他疯狂地想象自己是个南瓜。他硬要厨师把他做成南瓜馅饼，这个要求被厨师愤然拒绝。我决不相信用德苏利埃做成的南瓜馅饼竟然不会是一种非常可口的食品。”

“你真让我吃惊！”我说，并向马亚尔先生投去狐疑的目光。

“哈！哈！哈！嘿！嘿！嘿！嘻！嘻！嘻！呵！呵！呵！呼！呼！呼！”那位绅士大笑一阵之后说，“真是太妙了！你千万别感到吃惊，我的客人。我们这位朋友是个才子，是个怪杰，你断然不可按字面意思去理解他的话。”

“后来，”席间另一个人说，“后来有位布封·勒格朗，又一位自有其异处之人物。他因失恋而精神失常，并幻想自己长有两个脑袋。他坚持认为其中一个是西塞罗的头颅，而另一个则是颗合成脑瓜儿，从脑门子到嘴巴是德摩斯梯尼的，而从嘴巴到下巴则是布鲁厄姆勋爵的，他完全大错特错也并非没有可能，但他可以让你信服他是对的，因为他是一个伟大的雄辩家。他对演说有一种绝对的热情，老是忍不住即兴演说。比如他过去常常跳上餐桌，就这样跳……”

这时坐在说话人旁边的一位朋友伸手摁住他的肩头，并凑在他耳边嘀咕了几句。他随之戛然止住话音，颓然坐回到椅子上。

“后来，”刚才嘀咕的那位朋友说，“有过一位手转陀螺布拉尔。我把他称为手转陀螺，因为他实际上冒出了这个滑稽但又并不完全荒谬的怪念头，认为自己早已被变成了一个手转陀螺。你们要是看见他旋转肯定都会哈哈大笑。他可以单腿旋转一个小时，就这个样子，这样……”

这下刚才被嘀咕打断的那位朋友也如法炮制履行了他的职责。

“但是，”一位老女士用她最高的嗓门嚷道，“你那位布拉尔先生是个疯子，而且充其量是个愚不可及的疯子，因为，请允许我问你，谁听说过人会是手转陀螺？这事真是荒谬绝伦。可正如你们所知，快乐夫人就更懂事理。她有个怪念头，但那怪念头充满了常识，并为所有有幸认识她的人带来快乐。她在周密的深思熟虑之中，偶然发现她已经被变成了小公鸡，但作为一只小公鸡她举止得体。她以惊人的努力拍动翅膀，就这样，这样，这样。至于她的啼鸣，那可真美妙！喔喔喔！喔喔喔！喔喔喔！喔——喔——喔……”

“快乐夫人，我请你放规矩点！”这时主人非常生气地打断了那阵鸡叫，“你要么举止行为像一位有教养的女士，要么就马上离开桌边，这由你选择。”

那位女士（在听她讲了快乐夫人的故事之后又听到她被称为快乐夫人，这使我感到万分惊讶），她的脸一下子红到了眉毛，好像是因为受到申斥而感到无地自容。她耷拉下脑袋，一句也没申辩。但另一位年轻女士接过了话头，她就是我在小客厅见过的那位漂亮姑娘。

“哦，快乐夫人曾是个白痴！”她大声说，“不过在欧仁妮·萨尔沙菲德的想法中，毕竟还真有不少健全的意识。她是个非常漂亮而且端庄淑静的年轻女士，她认为普通的衣着方式有失体统，并总想把自己穿在衣服外面，而不是穿在衣服里面，这毕竟是一件很容易做到的事。你只消这样，然后这样，这样，这样，然后再这样，这样，这样，然后……”

“天哪！萨尔沙菲德小姐！”十来个声音同时惊呼，“你干什么？住手！够了！我们已看清了是怎么回事！住手！住手！”好几个人已经从座位上跳起，打算去制止萨尔沙菲德小姐扮演梅迪奇那尊裸体双臂的维纳斯雕像，但正在这时，那位姑娘的行为非常突然而有效地被一阵喧噪的尖叫声或喊叫声所制止，那阵声音从别墅的主体部分传来。

这些呐喊声固然使我非常紧张，但我真可怜席间其他的人。我一生中还从未见过一群人被吓得如此魂不附体。他们一个个全都面如死灰，一个劲儿畏缩在椅子里，浑身哆嗦，牙齿打战，惊恐万状地倾听喊叫声的重复。声音再次传来，更响而且显得更近，接着是第三阵，听起来很大声，然后听见第四阵。其势头明显减弱。随着喊叫声明白无误地消失，饭厅里那群人顿时收魂定魄，一个个又像先前一样精神十足，谈笑风生。于是我谨慎地询问这场恐慌的缘由。

“不过小事一桩，”马亚尔先生说，“这种事我们都习以为常，实际上并不真正在意。精神病患者时而会发出一阵集体号叫，一个传一个，就像有时夜里一声犬吠引起一群狗叫。不过，偶尔这种集体号叫之后也同时伴随着逃跑的努力。当然，遇上这种时候就多少有点危险可担忧。”

“你现在有多少病人？”

“眼下我们不多不少共有 10 个。”

“我想大多是女人？”

“哦，不，我可以肯定地告诉你，他们全都是男人，个个身强力壮。”

“什么！我从来都听说精神病患者大多数是女性。”

“通常如此，但并不总是这样。不久前这里有 27 名患者，而他们中至少有 18 个女人。可如你所见，最近情况已有很大变化。”

“对，如你所见，已有很大变化。”这时那位踢过拉普拉斯小姐小腿的先生插嘴道。

“对，如你所见，已有很大变化。”席间所有人齐声重复。

“闭嘴，统统闭嘴！”主人愤然作色道。这下整个饭厅顿时鸦雀无声，死一般的寂静差不多延续了一分钟。有位女士按字面意思理解马亚尔先生的命令，顺从地伸出奇长无比的舌头，并用双手将其抓住，直到宴会结束才松开。[1]

“这位女士，”我把身子俯向马亚尔先生，低声对他说，“这位规规矩矩的女士，就是刚才发过言并给我们学喔喔喔的这位，我想她不会伤人，完全不会伤人吧，嗯？”

“不会伤人！”马亚尔先生以一种绝非假装的惊讶失声道，“哟！你这是什么意思？”

“只是稍稍受了点损伤？”我用手指了指自己的头，“我敢说她的病并不严重，并不危险，嗯？”

“天哪！看你想到哪儿去啦！这位女士，我的老朋友快乐夫人，她神志和我一样完全正常。诚然她有些小小的怪癖，可你知道，所有上了年纪的女人，所有的老太太都或多或少有那么点古怪！”

“当然，当然，”我说，“那么其他这些女士和先生……”

“都是我的朋友和护理人员，”马亚尔先生打断我的话，骄傲地挺直了身子说，“都是我的好朋友和好帮手。”

“什么！全都是？”我问，“包括那些女人？”

“的确如此，”他说，“我们压根儿就不能够没有女

1　此处“闭嘴”英文是“Hold your tongues”，其字面意思为“抓住你的舌头”。

人。她们是世界上最好的精神病护士。她们自有她们的护理方法。她们明亮的目光有一种神奇的效果。你知道，那多少有点像蛇的魅力。”

“当然，当然！”我说，“她们行为有点儿古怪，是不是？她们显得有点儿异常，是不是？难道你不这么认为？”

“古怪！异常！哟，你真这么以为？诚然，我们南方人不那么一本正经，举止言谈太随心所欲，享受生活和生活之类的一切，你知道……”

“当然，”我说，“当然。”

“那么，也许这伏涅沃葡萄酒有点儿上头，你知道，有点儿劲大。你明白，嗯？”

“当然，当然，”我说，“顺便问一句，先生，你是不是说你现在用来取代安抚疗法的方法是一种非常严厉的方法？”

“当然不是，虽说我们对病人实行了必要的封闭式限制，但我们的处理，我是说医疗处理，还是挺适合病人的。”

“这种新方法是你自己的发明？”

“不完全是。其中某些部分可归于塔尔教授。对他你当然听人说过。另外我乐意承认，我这个方法中的某些改进按其绝对权利当属于著名的费瑟尔教授。如果我没弄错的话，你非常荣幸地和他是老熟人。”

“非常惭愧，”我答道，“坦白地说，我甚至连这二位先生的大名都不曾听说过。”

“天哪！”主人突然往椅背上一靠，高举起双手，失声惊呼，“我肯定是听错了！你该不是说你既没有听说过学识渊博的塔尔博士，也没有听说过闻名遐迩的费瑟尔教授？”

“我不得不承认我孤陋寡闻，”我回答，“但事实毕竟不容改变。然而令我无地自容的是，我竟然没读到过这二位先生的大作，毫无疑问他们都是非凡的人物。我将尽快找到他们的著作，并认认真真地仔细拜读。马亚尔先生，你真的，我必须承认这点，你真的让我为自己感到羞愧！”

我说的是实话。

“别说了，我年轻的朋友，”他和蔼地摁住我的手说，“现在请与我共饮一杯索泰尔纳白葡萄酒。”

我俩举杯共饮。其他人也学我们的样举杯，但毫无节制地喝起酒来。他们聒噪不休。他们斗嘴戏谑。他们纵声大笑。他们胡诌出上千个荒唐故事。提琴吱吱，铜鼓咚咚，长号就像无数法拉里斯的铜牛发出阵阵刺耳的吼声。整个饭厅变得越来越乌烟瘴气，最后当葡萄酒泛滥成灾，饭厅则成了一座群魔乱舞的地狱。

与此同时，马亚尔先生和我隔着一堆索泰尔纳和伏涅沃葡萄酒瓶，用最高的嗓门继续交谈，当时用一般声调说话根本就没法听见，就像在尼亚加拉大瀑布水下，鱼跃声没法被听见一样。

"先生，"我冲着他的耳朵尖声嚷道，"你晚餐前提到过一件事，关于安抚疗法招致危险。怎么会那样呢？"

"是的，"他回答道，"偶尔的确非常危险。精神病患者之反复无常不尽详述。依我之见，而且塔尔博士和费瑟尔教授也这样认为，不加管束地让他们自由行动绝非谨慎之举。一名精神病患者也许可以像所谓的那样被'安抚'一时，但到最后，他很容易变得难以制驭。况且他的诡诈也人所共知，并且超乎寻常。如果他心里有一个企图，他会以一种令人难以置信的智慧来加以掩饰，而他假装神志正常的那种机敏，则向心理学家们提出了一个精神研究方面的最奇怪的问题。实际上，当一名精神病患者看上去完全神志正常之际，那正是该给他穿上拘束衣之时。"

"可是，我亲爱的先生，就你所谈论的那种危险，以你自己的经验，在你管理这座病院期间，你是否有实际上的理由认为，对精神病患者来说，自由就是危险？"

"在这儿？以我自己的经验？我当然可以说是的。

譬如，并不太久以前，就在这家病院里发生了一起非常事件。你知道，当时正实行‘安抚疗法’，病人们都能自由行动。他们当时表现得异常规矩，格外循规蹈矩，说不定任何有常识的人都能看出某种可怕的阴谋正从这异乎寻常的循规蹈矩中酝酿成熟。而果不其然，在一个晴朗的早晨，管理人员发现他们自己被捆住了手脚，关进了秘密病房，被精神病患者们当作精神病患者来护理，而那些精神病患者已篡夺了他们的管理位置。”

“此事当真？我这辈子还从来没听说过这么荒唐的事！”

“千真万确，这一切的发生都依靠一个愚蠢的家伙，一名精神病患者，他不知怎么想到了这样一个念头，认为他发明了一种比以前任何方法都好的管理方法，我是说管理精神病人的方法。我想他是希望用他的发明来进行一次试验，于是他说服其他病人参加了他推翻管理机构的阴谋。”

“他真得逞了吗？”

“这自不待言。管理者和被管理者很快就交换了位置。说交换也不完全准确，因为原来病人是自由的，但现在管理者马上就被关进了秘密病房，而且我得遗憾地说，他们受到了很不客气的对待。”

"但我敢说马上就会有一个迎头痛击。那种状况不可能长久存在，周围的乡下人和远道而来的参观者都会发出警报。"

"这你就错了。那个老奸巨猾的反叛者首领对此早有防范。他对所有的来访者一概拒绝，只有一个例外，一天来了位看上去傻乎乎的青年绅士，那位首领没有任何理由对他感到担心，他允许他进来参观这个地方，只是为了有点变化，为了拿他取乐。当他一旦把那个青年捉弄够了之后，便把他撵出了病院。"

"那么这些疯子统治了多久呢？"

"哦，好长一段时间，真的，肯定有一个月，但具体有多久我说不上来。在那段时间，精神病患者们过得非常快活，你可以坚信这点。他们脱掉了身上不体面的衣服，随心所欲地穿戴上了家常的服装首饰。这座别墅的地窖里堆满了酒，而这些疯子喝起酒来简直像一群魔鬼。他们过得很快活。我可以肯定地说。"

"那么治疗呢？那个反叛者首领实行的是什么样一种特殊疗法呢？"

"当然，说到这一点，正如我说过的一样，一名精神病患者未必就是白痴，而我真的认为他的疗法比被其取代的疗法要好得多。那真是一种第一流的方法，简单，易行，一点儿不麻烦，实际上很有趣，那是……"

这时主人的话被另一阵呐喊声打断，它同先前令我们惊慌失措的那阵是一种声音，但听起来似乎是由一群正迅速接近饭厅的人发出的。

“天哪！”我不由自主地叫出，“这肯定是精神病人逃出来了。”

“恐怕真是那么回事。”马亚尔先生此时脸色变得煞白。他话音未落，一阵响亮的呐喊声和咒骂声从窗口处传来。接着事情就变得清楚了，外面有些人正力图进入饭厅。饭厅的门好像在被一个大铁锤撞击，窗户上的铁条被巨大的力量拧弯并摇动。

饭厅里陷入了一种最可怕的混乱。最令我吃惊的是，马亚尔先生钻到了一个餐具柜下边，而我本指望他能坚决果敢。那些乐队成员在刚才最后 15 分钟内似乎是因为喝得太醉而未能尽其本分。现在都一跃而起抓住他们的乐器，纷纷爬上他们那张桌子，突然一齐奏起了《扬基歌》。如果说他们的演奏并不完全合调，但至少也尽了一种非凡的努力，在整个骚乱期间，他们一直没停止演奏。

与此同时，那位先前费了好大劲才忍住没跳上桌子的先生终于跳上了餐桌，站到了酒瓶之间。他刚一站稳脚跟就开始了一场演说，那演说毫无疑问非常精彩，如果它能够被听见的话。在这同一时刻，那个有陀螺偏执狂的人开始在饭厅里旋转起来，他将双臂展开与身体呈直角，以至他事实上具有了一只陀螺的全部风采，并把碰巧进入他旋转轨道的人统统撞倒在地。此时我还听到一阵令人难以置信的开香槟酒瓶的砰砰声和滋滋声，最后我发现这声音是由那个在席间表演过香槟酒瓶的家伙发出的。随后那个蛙人也呱呱呱地叫了起来，仿佛他灵魂之拯救就依靠他叫出的每一声。而在这一切之中，一头驴连续不断的嘶鸣声最显突出。至于我的老朋友快乐夫人，我当时真为那可怜的女士叹息，她看上去是那么不知所措。不过她所做的一切就是站在壁炉边一个角落，扯着嗓子不断地高唱“喔喔——喔”。

随后高潮来临，那幕悲剧开始收场。由于除了惊呼呐喊和喔喔喔之外，外面那伙人的侵犯没遭到任何抵抗，10扇窗户很快并且几乎是同时被冲破。可我永远也忘不了我当时那种惊诧和恐惧，因为当我看见入侵之敌从窗口跳进室内乱七八糟、手舞足蹈、乱抓乱踢、鬼哭狼嚎的人堆里时，我以为看见了一群猩猩、巨猿，或来自好望角的又大又黑的狒狒。

我挨了重重的一击，随即滚到了一张沙发下边并一动不动地躺在那里。我躺在那里侧耳倾听室内发生的一切，但15分钟之后，我终于满意地知道了这场悲剧的来龙去脉。情况似乎是这样的，马亚尔先生在给我讲那个煽动病友造反的精神病患者之时，实际上是在讲他自己的故事。这位先生两三年前的确是这家疯人院的院长，但他后来精神失常，变成了一名病人。把我介绍给他的我那位旅伴并不知道这个事实。10名管理人员被突然制服之后，先是浑身被涂满柏油，接着又被仔细地粘上羽毛，然后被关进了地下的秘密病房。他们在那儿被囚禁了一个多月，其间马亚尔先生不仅慷慨地给予他们柏油和羽毛（柏油和羽毛构成了他的“疗法”），而且还给他们一点面包和大量的水，水是通过一条水道抽给他们。最后，他们中的一位从水道逃出，并让其他人获得了自由。

经过重要改进的“安抚疗法”已经在那家病院恢复，然而我却禁不住赞同马亚尔先生，他的“疗法”是此类疗法中第一流的方法。正如他言之有理的评述，那方法“简单，易行，一点儿不麻烦”，一点也不。

但我必须补充一点，尽管我一直在欧洲的每一家图书馆里搜寻，想找到塔尔博士和费瑟尔教授[1]的著作，可时至今日，我仍然是白费力气，连一本都没找到。

---

1 人名“塔尔”与“柏油”之英文分别为Tarr和Tar，读音及拼写相似；人名“费瑟尔”与“羽毛”之英文分别为Fether和Feather，读音及拼写亦相近。

室内装饰原理

在居所的室内装饰方面，如果不说其外部建筑方面，英国人是首屈一指的。意大利人除了大理石和色彩就很少有别的什么情趣。而在法国，设计总是更好的，结果总是更糟的，因虽说法国人对居室之得体实际上具有一种高雅的鉴赏力，或者说至少具有基本的正确意识，但那个民族太沉迷于寻欢作乐，结果总不能保持其居室之得体。中国人和大多数东方民族有一种热情却不切实际的幻想。苏格兰人是蹩脚的装饰家。荷兰人也许模模糊糊地知道窗帘不是白菜。而在西班牙，除了窗帘还是窗帘，似乎那是一个由绞刑吏组成的民族。俄罗斯人不装饰。霍屯督人和基卡普人自有其装饰妙法。唯有我们美国人荒谬可笑。

要知道何以如此其实不难。我们没有血缘上的贵族阶级，于是为我们形成一个美元贵族阶层便成了一件自然而然并且实际上也不可避免的事，而财富的炫耀在我们这儿就不得不取代君主制国家里纹章的显示，并起着显示纹章的作用。经过一段易于理解而且说不定早已预见到的过渡时期，我们就终于被淹没在我们趣味观念本身的单纯卖弄之中。

说具体一点，譬如说在英格兰，人们就不见得会像我们这样只炫耀价格昂贵的物品，以造成那种物品本身美好的印象，或造成物品之主人风雅的印象。究其原因，其一，财富在英格兰并非志向抱负的最高目标；其二，那些严格保持正统情趣的真正世袭贵族往往避免单纯地炫耀其物质上的奢华，因为任何一名暴发户在任何时候都能成功地享有那种奢华。平民总是效仿贵族，结果那种高尚的情感便蔚然成风。可是在美国，金钱是唯一的贵族标志，炫耀金钱大体上可以说是显示贵族特征的唯一手段；而平民大众总是眼睛朝上去寻找楷模，结果不知不觉之间被人误导，从而混淆了美和豪华这两个截然不同的概念。简而言之，一件家具或器皿的价格最终便成了我们从装饰的角度视其价值的唯一标准，而这个愚蠢的标准一旦建立，又把我们引向了许多由它派生出来的同类谬误。

在美国，也就是说在阿巴拉契亚[1]，最令艺术家看不顺眼的就是被称为“室内”的一套家具齐备的房间。这种房间最通常的缺陷就是缺乏协调。我们说起一个房间的协调就正如我们常常论及一幅画的协调一样，因为画和房间都应遵从那些规范各种艺术的坚定不移的原则，而我们决定一幅画之价值所依据的那些法则基本上也足以使我们决定一个房间的调整。

缺乏协调有时可见于几件家具的特征，但通常见于它们所采用的颜色和式样。它们那种刺眼的非艺术的摆布更是屡见不鲜。直线太流行，太不间断地延伸，或是笨拙地被直角中断。如果出现曲线，那也只是千篇一律的单调重复。由于过分精确，许多好房间的外观都被彻底糟蹋了。

就其他装饰而论，窗帘很少配置得体或挑选得当。窗帘与主要家具不相匹配，而且大量的帷幔无论如何也不符合高雅的情趣，因为和适当的布置一样，适当的数量也应该依据整体效果而定。

比起古人来，现代人对地毯更有见识，但我们仍然常在其花色图案上犯错误。房间的灵魂就是地毯。从地毯演绎出来的不仅是所有在它之上的物体的颜色，

1 爱伦·坡曾撰文呼吁用“阿巴拉契亚”（Appallachia）作为国名代替“美利坚合众国”。

而且还有其式样。习惯法的法官可以是一个普通人，一名地毯的好法官则必须是一名天才。可是我们一直带着“梦中盲从者”的神情听一些家伙大谈特谈地毯，而那些家伙不应该也不可能被信任能料理好他们自己脸上的胡须。每个人都知道大房间可以用图案大的地毯，小房间则必须用图案小的地毯，然而这并非关于地毯的全部知识。就质地而论，唯有萨克森羊毛毯可以接受。布鲁塞尔毛圈毯已是超过去完成时态，而土耳其花毯正在体验临死前的痛苦。就图案而言，地毯不应该像里卡利印第安人那样上面全是红的粉笔、黄的赭石和公鸡羽毛。简言之，不含意义的清晰的底色、鲜明的圆形或云彩花图案是地毯的“中间”法则。以花卉或任何人们所熟悉的物体描绘的地毯图案在基督教国家会使人生厌并且不可容忍。实际上,无论是地毯、窗帘、帷幔、床罩还是其他所有同类室内装饰物上的图案都应该既精致又奇异。至于那些在平民住宅仍偶尔可见的作为地毯代用品的老式铺地布，即那些巨大的、蔓延的、图案绚丽的、条纹点缀的、五光十彩的、看不出底色的织物，不过是一个随波逐流且嗜钱如命的种族之邪恶发明，而发明者堪称邪神的子孙、财神的信徒、边沁[1]的追随者，这些人为了节约思想和省下梦幻，先是残酷地发明了万花筒，然后又建立起股份公司用蒸汽来使其旋转。

眩光是美国室内装饰原理中一个主要谬误，一个从刚才所说的那种异常趣味中演绎出来的易于辨认的谬误。我们疯狂地迷恋于煤气灯和玻璃。前者完全不该被允许进入室内。它刺耳的声音和闪动的火苗令人极不舒服。有脑子有眼睛的人都不会用它。一盏柔和的或被艺术家们称为冷光的、能产生暖影的灯甚至会使一个装饰欠佳的房间具有奇妙的效果。最可爱的想法莫过于那种星灯。当然，我们是说那种适当的星灯，那种有朴素的毛玻璃灯罩、能发出柔和而稳定的月华般光亮的圆筒芯灯。雕花灯罩是一种有害的拙劣发明。我们对它的渴求部分是因为其浮华，而最根本的原因则是它价格昂贵，而这正好为本文开篇之命题加上了一条注释。这样说一点儿也不过分，乐于使用雕花灯罩的人完全缺乏审美情趣，或者说他们是在盲目地追逐时髦。从那种炫丽的可恶之物中发出的光极不均匀，支离破碎，令人讨厌。单是那种光就足以毁掉被它所笼罩的家具的好效果。尤其是女性之可爱在它邪恶的

1　边沁（Jeremy Bentham，1748—1832），英国哲学家，功利主义学说的创始人。

光影中会顿失一半魅力。

说到玻璃，我们通常遵循一些错误的原则。玻璃的主要特征就是闪烁，而我们在闪烁一词中表达了多少厌恶！闪烁不定的光有时会令人愉悦（对孩子和白痴永远如此），但这种光在房间装饰中应该完全避免。实际上，甚至稳定的强光也不能允许。悬挂在我们大多数时髦客厅的色彩缤纷、没有灯罩、大得毫无意义的玻璃枝形吊灯也许可作为趣味低下、设计荒谬的总典型。

如前文所述，闪烁在观念上已经同华丽混为一谈，所以对闪光的热情还导致了我们对镜子的滥用。我们为房间装上许多英国产的大镜子，然后以为我们干了件漂亮的事。现在稍加思索就足以使任何长着眼睛的人信服，滥用镜子，尤其是大镜子，其效果有多糟。先撇开其反射不说，镜子本身是一个延伸的、平展的、无色的、单调的表面，一种常常使人明显地感到不愉快的东西。视其为反射器，它所反射的是一种畸形而丑恶的单调，因为邪恶往往在镜中被加重，不仅仅是按其被反射物的正比增长，而是按照一种不断增长的比例。事实上，一个房间随便装上四五面镜子，这从艺术的眼光来看无论如何也毫无情趣。如果我们再增加这种邪恶，闪烁上再加闪烁，那我们就会得到一种极不协调、令人极不愉快的大杂烩效果。一个地道的乡下人走进这样一个闪闪发光的俏丽房间，马上就会意识到有什么不对劲儿，尽管他也许说不出不对劲儿的原因。但把同样一个人领进一间装饰得高雅的房间，他会吃惊地发出一种愉悦而意外的赞叹。

对钱包大的人来说，其大钱包里通常只有一个很小的灵魂，这是衍生于我们共和制度的一种邪恶。审美情趣的败坏是美元工业的一个部分或一种附属品。随着我们渐渐富裕，我们的观念也渐渐迟钝。所以，我们绝不可能在我们的贵族中间（如果不是在全阿巴拉契亚）去寻找一个英国式房间的超凡脱俗。不过我们见过一些有节制的美国人的房间，它们至少在通过避免瑕疵而产生优点方面，堪与我们大洋彼岸那些朋友的任何一个华丽的房间媲美。即便在此刻，我们心灵的眼睛也能看见一个毫不虚饰浮华、装饰得无可挑剔的小房间。房间的主人躺在一张沙发上熟睡。天气凉爽，时间将近半夜。我们就趁主人熟睡之时来打量一下这个房间。

房间呈矩形（长约30英尺，宽约25英尺），一般说来，这是一种最适宜家具摆布的形状。房间只有一道门（无论如何也不能太宽），开在这个矩形的一边，而仅有的两扇窗户则开在另一边。后者是很大的落地窗，窗洞很深，朝着一条意大利式的游廊。深红色的玻璃嵌在比一般窗棂大的花梨木窗格里。窗洞里挂着与窗户一般大小的厚银纱窗帘，纱帘松松地挂在小小的卷轴上。窗洞外挂的是缀有网状金饰、镶有银色绢边的色泽非常瑰丽的深红色丝绒窗帘，这是一种从窗外看不透的织物。墙上没有壁带，但一大圈层层折叠的帷幔（活泼而不是厚重，显得轻盈飘然）从墙壁与天花板连接处的一圈镀金壁顶线盘下垂落。帷幔的开合由一根环穿过它的金丝绳操纵，金丝绳末端自然地系成一个花结；帷幔上不见饰针或其他诸如此类的装饰物。窗帘及其缀饰的颜色（深红色和金色）出现在房间的每一个角落，为房间定下了的基调。那块萨克森羊毛地毯足有一厘米厚，其底色也是同样的深红，只有金色的条纹衬托于底色之上（犹如窗帘上的缀饰），金色条纹形成接连不断的不规则的短曲线（一条偶然地压在另一条上）。房间四壁裱糊着一层银灰底色的光滑墙纸，底色上点缀着与房间深红色基调相称的淡红色的细小而奇异的图案。墙上点缀几幅画，使宽阔的墙纸不显单调。画主要是富有想象力的风景画，诸如斯坦菲尔德那些仙洞神窟，或查普曼那个凄凉的沼泽湖。不过也有三四幅女人头像，画的是同一位缥缈的美人，以萨利的风格绘出的肖像。每幅画都是暖色调，但又显得阴郁。全然没有“辉煌灿烂”的效果。恬静笼罩着全部画面。所有的画尺寸都不小。小幅的画会使房间看上去斑驳纷杂，让那么多艺术杰作挤在一堆本身就是个瑕疵。画框宽而不深，雕刻华丽，既不显呆板也不过分精致。它们都是金色，都平挂在墙上，而不是用绳斜着悬挂。后一种挂法往往使画本身更容易观赏，但房间的整体外观却因此而被损伤。房间里只看见一面镜子，而且不是很大的一面。镜子基本上呈圆形，挂得恰到好处，人坐在房间里任何一个固定座位都不会从那面镜子里看到自己的映像。房间里的全部座位是两张用花梨木和饰有金色花纹的深红色丝绒做成的低矮的大沙发，另有两把也是用花梨木做成的轻便单人椅。房间里有台没有罩布、开着盖的钢琴（也是花梨木做的）。一张完全用最华丽的金丝大理石做成的八角形桌子放在一张沙发的旁边。桌子也没有罩布，主人认为有打褶的帷帘就足够了。四个漂亮的赛佛尔大花瓶分别占据了房间四个略带圆形的角落，每个花瓶里插着一大束爽心悦目的鲜花。在我那位熟睡的朋友头边立着一个高高的烛台，烛台上有一盏小小的、古香古色的、盛满上等香油的油灯。房间里还有几排轻巧优雅的悬架，悬架的边框是金色，用红丝绒和金丝带装饰，上面放着两三百册装帧精美的图书。除了这些，屋里再没有别的家具，如果我们不把那盏圆筒芯灯视为家具的话，那盏灯有一个朴素的深红色毛玻璃灯罩，用一根细细的金链从高高的拱形天花板垂下，为室内的一切蒙上一层宁静而神奇的光芒。

阿恩海姆乐园[1]

淑女一般的花园被修剪一新，
仿佛她进入了甜丝丝的安眠，
向辽远的天空闭上她的眼睛。
天国顿时变成蓝色的花园，
圆形的大花园里百花绚烂。
晶亮的花朵和圆露珠的闪光，
都悬垂在它们蓝色的叶片上，
像湛蓝夜空闪烁的星光璀璨。

——贾尔斯·弗莱彻

从他的摇篮到他的坟墓，我的朋友埃利森都乘着一阵顺畅的柔风。我用顺畅这个词并非仅仅用它世俗的意思，而是把它作为幸福的同义词。我所讲之人天生的使命似乎就是来预告杜尔哥、普赖斯、普里斯特

1 阿恩海姆（Arnheim）是司各特长篇小说《盖尔施泰因家的安妮》（*Anne of Geierstein*，1829）中女主人公家的封地和祖宅，该小说第10章有段对阿恩海姆园林以及对伯爵夫人安妮在林间漫步的描写。本书《兰多的小屋》中那位安妮亦是该小说女主人公的翻版。

利和孔多赛的学说，用个人的实例来证明历来被世人看作痴心妄想的至善论者的那个理想。我相信从埃利森短暂的一生中，我已经看见那个信条被驳倒，那信条认为人之天性中潜藏着某种对抗极乐至福的本质。对他生命历程的匆匆审视已经使我懂得了以下几点：一般说来，人类的不幸起因于对人类几条原始法则的违背；作为一个物种，我们还拥有迄今尚未开发的理想的生存环境；即便是在今天，在眼下这个黑暗而疯狂的时代，当所有思想都集中于社会状态这个问题时，个体的人仍然可能在某种异乎寻常而且极其偶然的条件下得到幸福。

正是这样一些看法使我那位年轻的朋友受到了极大的鼓舞，因此值得注意的是，那种成为他生命特色的其乐无穷在很大程度上是预先安排的结果。其实显而易见，若非他天生的悟性恰如其分地弥补其经验之不足，埃利森先生也许早就发现他被自己生活之异常成功抛进了那个寻常的不幸旋涡，那个张着大口吞噬天才精英的旋涡。不过，我的目的并不是要写一篇关于幸福的文章。我朋友的那些观念也许可以用三言两语加以概括。他只承认幸福的四个基本要素，或严格地说是四个条件。他认为的首要条件（说来也怪）是简单而且纯生理的户外自由运动。他说：“用其他手段获得的健康难以名副其实。”他列举了猎手追狐狸时的心醉神迷，并指出耕地的农民作为一个阶层，完全可以被认为比其他人都幸福。他的第二个条件是女人的爱。第三个条件最难实现，那就是要视名利为粪土。他的第四个条件是要有一个不断追求的目标，而且他还认为，在其他三要素相等的情况下，可得到幸福之程度与这个目标之高尚成正比。

命运对埃利森的格外垂青和慷慨施与着实令人吃惊。他相貌出众，风雅超群。智力非凡，对他来说，获取知识轻松得就像一种直觉、一种必然。他的家庭是这个帝国的名门望族之一。他的新娘是最美丽可爱、最忠贞不渝的女人。他的财产从来都富足有余。不过说到他大部分财产的获得，那可真是命运做出的最任性的恶作剧之一。这恶作剧令整个社会吃惊，在这个社会中，这种恶作剧的发生大多会彻底改变被捉弄者的精神性格。

事情似乎是这样的，大约在埃利森成年的100年前，一位叫西布赖特·埃利森的先生在一个偏远的省份去世。这位先生积聚的财产富比王家，由于没有直接继承人，他去世前突发奇想要让那笔财富在死后积累一个世纪。在详细而精明地决定了不同的投资方式之后，他宣布把最后累计的全部财产遗赠给100年后在世的埃利森家族血缘最亲的一名成员。曾有过许多想通过法律取消这笔独份遗赠的企图，只因属于溯及既往才未能得逞。但曾有一届妒忌的政府注意到了此事，最后终于通过了一项法案，禁止所有类似的资产积累。不过，这一法案并没有阻止年轻的埃利森在他21岁生日那天成为他的祖先西布赖特的继承人，接受了一笔总数达45亿美元的遗产。[1]

当人们得知他所继承的是那么巨大的一笔财富，当然对这笔财富的处置方式进行过许多推测，这笔钱数额巨大并且可直接使用，这令所有猜测者感到为难。人们一般会想象，任何这样一笔巨款的拥有人都可以做他想做的任何事情。不难推测，拥有绝对比任何人都多的财富，他肯定会挥霍无度地尽享他那个时代的奢华靡丽，或忙于玩弄政治阴谋，或谋求高位权势，或花钱使自己更加高贵，或大量收集艺术珍品，或慷慨解囊资助文学、科学和艺术，或以他的名字命名大批慈善团体。可是对于这位继承人所拥有的这笔惊人

1 与此虚构相似的一件真事不太久之前发生在英国。那位幸运的继承人名叫特勒森。我最初是从皮克勒·马斯科亲王的《旅行》杂志上读到一篇关于该事的报道。马斯科称那笔遗产的总数为90万英镑，并不无道理地说："一想到那么一大笔钱，想到用那笔钱都可以做些什么，就会有某种庄严崇高的感觉。"为了适应本文之意图，我追随了那位亲王的陈述，尽管那陈述言过其实。实际上，本文的胚胎及篇首论述早在多年前就曾发表，在欧仁·苏的《流浪的犹太人》出版之前，而欧仁·苏写那部小说可能受到过马斯科那篇报道的启发。——原注

的财富来说，这些用途以及所有一般的用途似乎都只提供了一块非常有限的天地。于是人们求助于计算，而计算结果足够令人惊惶。人们发现，即使按百分之三的利润计算，那笔遗产所带来的年收入也高达1350万美元，也就是每月收入112.5万美元，或每天3.6986万美元，或每小时1541美元，或每分钟26美元。所以，照常规去猜测这笔钱的处置着实困难。人们不知道猜什么是好，甚至有些人设想埃利森先生至少会把他财产的一半作为纯粹的多余之财而放弃，把这部分多余之财分配给他的亲戚，让他们个个腰缠万贯。事实上，他的确把他继承遗产之前就拥有的那笔数目可观的钱财分赠给了他的近亲。

但对这个引起了他的朋友们如此多议论的问题，我并不惊于他早就做出了决定。我也不太惊于他所做决定的性质。说到他个人的仁慈博爱，他从来就问心无愧。对于被严格称为改善的任何可能性，即人自身对其一般状态改善的可能性，（我得遗憾地承认）他历来少有信念。大体上说，不管妥当与否，他在很大程度上所依靠的是自我之本性。

从最广泛和最高贵的意义上讲，他是个诗人，并且他懂得诗情之真正特征、宏伟目标以及其至高无上的庄严和高贵。他本能地感觉到，对诗情最充分的满足（如果不是唯一正确的满足）就在于创造出新的美的形式。要么是由于他早年所受的教育，要么是因为他本身的才智天性，他所有的伦理思辨中都带有某些唯物主义的特色。也许正是这种倾向使他相信，创造出具有新颖情调的纯粹的有形之美，即使不是诗情发挥之唯一合理的范畴，至少也是一方最有利的天地。因此他碰巧既没有成为音乐家也没有成为诗人，如果我们照平常的意义来使用“诗人”一词的话。说不定他忽略成为音乐家或诗人只是在体现他不求闻达的观念，毕竟不求闻达被他视为人生幸福的基本要素之一。事实上难道没有这样的可能，虽说一流天才必然雄心勃勃，但最伟大的天才对所谓的雄心则超然物外？难道不可能发生这样的事，许多远比弥尔顿更伟大的天才从来就满足于“孤芳自赏，默默无闻”？我相信这个世界还不曾见过，而且若非某些意外事件驱使那些最高贵的思想不愉快地被加以运用，这个世界将永远不会看到在一些更有意义的艺术领域，人之天性绝对有能力创造成功业绩的充分展示。

埃利森既没有成为音乐家也没有成为诗人，尽管这世上没有人能比他更深地迷恋于音乐和诗。若是避开包围着他的环境而在另一种情况下，他成为一名画家也并非不可能。雕塑虽说在本质上具有严格的诗意，但由于太局限于它的范围和结果，因而从来没有引起他太多的注意。这下我已经提到了人们通常理解的诗情早已表明能徜徉其间的全部范围。但埃利森坚持认为还有一个领域一直被世人莫名其妙地忽略了。这个领域即使不能说是最宽阔，也能说是最富饶、最真实，而且最自然。没有任何定义把风景园林设计师说成是诗人，但在我朋友看来，风景园林之创造为高尚的诗情提供了最好的机会。事实上，这是一个最美妙的领域，其间可展示把新奇美的形式无限组合的想象能力，可凭借大地所能提供的最宏伟壮观的优势把美的元素结合成美的整体。在花草树木的千姿百态和万紫千红之中，他认识到了大自然在有形之美方面最直接而且最有力的尝试。而在这种尝试的趋向或凝聚之中，更严格地说，是在其对大地上之观者眼睛的适应之中，他领悟到自己应该运用最好的手段，发挥最大的优势，不仅要完成自己作为诗人的天命，而且要实现那上帝赋予人类诗情的崇高目标。

“对大地上之观者眼睛的适应”，在解释他的这种表达方式时，埃利森先生说了不少话来解答一个在我看来总像谜一般的问题，我是说那个只有无知者才会争辩的事实，即大自然并不存在天才的画家可以创造的那种风景组合，现实中绝对找不到闪耀在克洛德·洛兰画布上的那种理想的乐园。在最迷人的自然风景中总会发现一点儿不足或一点儿过分，或许多过分和许多不足。虽说一些风景局部也许会令最高明的画家也难以描绘，但这些局部的总体排列始终可以被改进。简而言之，在一名画家的眼中，从这颗自然星球辽阔表面人迹可至的任何部分，都可以发现被称为风景画"构图"中的刺眼之处。然而这是多么令人难以理解！在其他所有方面，我们都被正确地教导要视自然为美之极致。我们总是畏缩着不敢与她的每一个细节竞争。谁敢去模仿郁金香的色彩，或去改进幽谷百合的形态？就雕塑和肖像画而言，那种认为对自然形态应该升华或理想化而不是临摹的评论是错误的。任何肖像画或雕塑对人体美的组合都只能近似于活生生的美人。这种评论的原则只有在风景画里才算正确，而感觉到该原则在这一点上的正确对他来说只是普遍性的率先体现，这使他宣称该原则适合所有艺术领域。我说感觉到该原则在这一点上的正确，因为感觉绝非矫揉造作或痴心妄想。与其"艺术造就艺术家"的感觉举不出例证一样，数学也同样举不出绝对例证。他不仅相信，而且明确地知道，对物体外观上的这样或那样的安置可构成并独一无二地构成真正的美。不过，他的理论迄今尚未成熟到可表达的程度。要充分地研究并表达它们，还有待于一种前所未见的更深入的分析。不过，他坚信自己被他的志同道合者的声音所唤起的本能的见解。假设一幅“构图”尚有缺陷，假设仅仅对其结构布局进行一个修改，假设把这一修改提交给世界上每一名画家,其必要性会被每个人承认。而且更有甚者，对于这幅有缺陷的构图之修改，艺术界每一位单独的成员都会提出同样的修改意见。

我再说一遍，只有在风景布局之中，有形的自然才有被升华的余地，因此在这一点上，自然可容改进在当时是我一直不能解答的一个谜。那时候，我对这个问题的想法还停留在这样一种观念：自然对大地表面的安排肯定具有这样一种原始意图，那就是已经在各个方面都满足人对美、崇高或诗情画意的完美感，除非这种原始意图受挫于已知的地质变动（形态和色调搭配的变动），而艺术之魂正系于对这种变动的纠正或消除之中。然而，由于必然会想到地质变动之异常及其并不适应于任何目的，我这种观念的力度便被大大削弱。正是埃利森指出，那些变动是死亡的象征。他这样解释说：承认人在世间的永生是最初的意图。这样我们就拥有与人类极乐福地相称的大地表面之原始布局，一种并非自然存在而是精心设计的布局。地质变动是为人类后来设想的死亡状态做准备。

“现在，”我的朋友说，“我们所认为的风景画之升华也许真的就只基于这种非永生的，或者说人类的着眼点。对自然风景的每一个改动也许都会在画面上产生一个瑕疵。如果我们能设想从远处看这幅画，从整体上看这幅画，从远离地球表面的某一个点，尽管这个点不超出大气层的界限，我们很容易就会懂得，对一个局部细节所进行的改进可能同时伤及整体效果或远观效果。也许有这样一类生命，从前的人类，但现在不为人类所见，在他们远远地看来，我们的混乱也许会显出秩序，我们的单调乏味也许会显出诗情画意。总而言之，由于他们的观察力远比我们敏锐，由于他们的审美能力因死亡而得以升华，那些人间天使也许已被上帝赋予了装点大地宽阔的风景园林之使命。”

在讨论过程中，我这位朋友引用了一位作家关于风景园林的一段论述，这位作家就这一话题的议论历来被视为精当之辞：

“严格地说，只有两种类型的风景园林艺术：自然型和人工型。前者追求重视乡村田野原始之美，其手法适应周围景色，所植之树与毗邻的山岗或平原协调一致，能发现那些为常人所忽略但被有经验的研究所察觉的大小比例和色调上的微妙关系，并将这些关系变为现实。自然型园林艺术之效果通常见于绝无瑕疵与不调和之处，体现在充满了一种健康的和谐与秩序，而不在于创造出任何特别的异景奇观。人工型园林艺术有多种变化，以满足不同的鉴赏趣味。它与不同的建筑风格有一种大体上的联系。园林中可见凡尔赛宫庄严的林荫大道和幽僻之处，可见意大利式的露台，可见一种与本国哥特式或英国伊丽莎白式建筑有某种联系的变化混合型英式老建筑。无论有人说些什么来反对人工型园林艺术的滥用，一种纯艺术的混合仍为园林景观平添一种巨大的魔力。它令人赏心悦目是因为其寓意。一个露台配上一段苔藓覆盖的老式栏杆，会使人眼前顿时浮现出昔日从台上款款而过的美丽倩影。艺术最细微的展示也是一种精心周密和人类情趣的证明。”

“从我已经说过的那些话，”埃利森说，“你不可能会猜到我反对这里所说的重现乡村田野原始之美。原始之美绝不会美过可创造之美。当然，一切都取决于一个具有潜力的位置的选择。至于说到察觉大小比例和色调上的微妙关系并将其变为现实，这不过是一种用来掩饰思想不够精确的模糊说法。这种说法可以做上千种解释，也可以认为毫无意义，令人无所适从。自然型园林艺术之效果体现在绝无瑕疵与不调和之处，而不在于创造出任何特别的奇观异景。这个主张最适合那些凡夫俗子低下的理解力，而绝不适合天才们热切的梦想。这种去掉瑕疵就是美的见解，与文学上那种把艾迪生[1]吹捧成神的拙劣评论是一路货色。事实上，虽然由避免缺点而构成的优点能直接唤起理解，从而可以被界定在标准之内，但在创造中闪耀的更崇高的优点能单凭本身的结果就被人理解。标准只适用于否定瑕疵的美，避开短处的长处。除了这些之外，经得住批评的艺术只能暗示。我们可以被教导去创作一部《加图》，但要告诉我们如何去构想一座帕提侬神庙或构思一部《神曲》，那只能枉费心机。然而，后者一旦被构想出，奇迹便被创造，对理解力的包容便可遍及宇宙。那些因无能力创造而奚落创造的否定派的诡辩家，眼下正听见满堂喝彩。与他们故作正经的假理论对抗的原则目前尚处于萌芽状态，一旦它成熟，将会从美的直觉中获得赞美。”

“那个作者关于人工型的评述，”埃利森继续说道，“倒是不那么令人讨厌。一种纯艺术的混合为园林景观平添一种巨大的魅力。此话不假，还有关于人类情趣那句话也说得不错。此话所表达的原则无可非议，不过除了原则也许还该有点儿别的什么。也许该有一个

---

1 指英国作家约瑟夫·艾迪生（Joseph Addison，1672—1719），下文提到的《加图》（*Cato*，1713）是他写的一部悲剧。

与该原则相一致的目标，一个凭常人所拥有的手段难以达到的目标，而这个目标一旦达到，那它为风景园林所增添的一种魅力则远非人类情趣这几个字就能概括。一名诗人，一名拥有巨大财力同时又具有必要的艺术观念、文化观念或者像那位作者所说的情趣观念的诗人，也许能使自己的构想一下子充满美的广度和美的新奇，从而能传达那种超凡脱俗的冲突情感。这种结果产生之时人们将会看到，他既保证了情趣或构想的所有优点，同时又使他的作品避免了世俗艺术的粗糙和浅薄。在荒郊旷野的最险峻之处，在纯粹自然的最蛮荒之地，显然存在着一位创造者的艺术，但这种艺术显然只是思想之反映，绝不具有任何一种明显的感情实质。现在让我们来设想这种上帝的意志感被降低了一步，被融入了与人类艺术意识相和谐或相一致的某种东西，形成了一种居于二者之间的中介。譬如，让我们想象有这样一片风景，它兼有的广袤和限定，以及它和谐的美丽、壮观和新奇都使人想到那些超乎人类但又相似于人类的高等生命的文化。这样，人类的情趣得以保存，而这种合成的艺术则造就出一种次自然或亚自然的氛围，一种既非上帝创造，也不是从上帝的无限本质中分出来的自然，但它仍然是自然，是由那些翱翔于人类与上帝之间的天使亲手创造的自然。”

正是由于把他的巨额财富全部用来实现这样一个梦幻，正是由于他亲自监督自己的规划保证了户外自由运动，正是由于这些计划所提供的这个追求不止的目标，正是由于这个目标的崇高精神，正是由于这种精神使他真正感觉到与世无争，正是这种清泉一直在满足但永远不可能止住那种支配他灵魂的激情以及对美的渴求，最重要的是，正是由于一名女性而不是非女性的同情，正是她的美丽和爱使他的存在沉浸于乐园华美的气氛之中，正是由于这一切的一切，埃利森想到了去寻求免于人类寻常的忧虑烦恼，并寻求到了真正的极乐至福，这种幸福远比闪烁在斯塔尔夫人[1]那些令人销魂的白日梦里的幸福更充实、更积极。

关于我朋友实实在在地创造出来的奇迹，我毫无希望向读者传达任何清晰的概念。我想描述，但描述之困难又令我泄气，我不知道该详说还是该概述。也许更好的方法是最大限度地将两者合二为一。

埃利森先生第一步所考虑的当然是地点的选择。他几乎是一开始想到这个问题，其注意力就被太平洋群岛丰饶的自然状态所吸引。事实上他已经决定航行

---

1 斯塔尔夫人（Madame de Staël，1766—1817；原名 Anne Louise Germaine Necker），法国作家。

去南太平洋，可一夜的深思熟虑又使他放弃了这个念头。他说：“假若我愤世嫉俗，那样一个地方倒真适合我待。在那种情况下，其荒凉偏僻、与世隔绝和交通不便就会成为最迷人之处，可我现在还不是雅典的泰门。我希望的是宁静自在而不是孤独的压抑。我心目中的地方必须保留我对宁静程度及其持续时间的控制。而且应该常常有时间让我感受到我所需要的对我所做之事所表示的富有诗意的同感。那就让我们寻找一个离繁华城市不太远的地方，并且那地方最能使我实施自己的计划。”

为了寻找这么一个地方，埃利森旅行了好几个年头，而我获得允许一直与他为伴。上千个令我神魂颠倒的地方均被他断然否定，而他否定的理由到头来都使我确信他正确无误。最后我们来到了一块异常肥沃和美丽的平整如台的地方，这块台地所提供的全景视野与西西里的埃特纳火山相差无几。而埃利森和我都认为，就视野之内美丽如画的自然景观而论，这块台地远远胜过了那座著名的火山。

埃利森如痴如醉地眺望了差不多一小时，最后欣然深吸了一口气说：“我知道，在我目前的情况下，最挑剔的人十之八九也会满意这个地方，这幅全景的确是壮观，而若不是它壮观得过分，我就应该选中它了。

我所认识的建筑家全都有这样一种爱好，那就是为了‘视野’而把房子修在山顶上。这个错误显而易见。任何形式的壮观，尤其是广袤，总是首先使人惊讶、激动，然后令人疲倦、压抑。最好的景观莫过于时有时无，最糟的景观莫过于一成不变。而在一成不变的情况下，最令人不愉快的壮观就是广袤，最讨厌的广袤则是一望无垠。这与幽居蛰伏的情感和意识格格不入，而我们‘退隐山林’正是寻求满足这种意识和情感。登高而望远，我们会油然生发遗世独立之感，沮丧的心会像躲避瘟疫一样躲避远景。”

直到我们寻找的第4个年头末尾，才总算找到一个埃利森自己也承认满意的地方。我当然没必要说出这个地方在何处。我朋友最近的去世使他那片领地突然对某一类游人开放，这已经赋予阿恩海姆一种神秘的色彩，降低了长期以来闻名遐迩的枫特山庄的神秘感，这种神秘感即使说不上庄重，但也相差无几，在知名度上还遥遥领先呢。

去阿恩海姆通常是经由水路。游客一大早离城，午前一直穿行在平静而具有乡土美的两岸之间。河岸上放牧着数不清的羊，雪白的羊毛缀着绵延起伏的青青草地。不知不觉地，人工培植的概念化为田园牧歌式的情调，这种情调渐渐融进一种幽僻的感觉，随之又汇入了一种荒野意识。随着黄昏的临近，河道变得越来越狭窄，两岸变得越来越陡峭，遮掩河岸的树叶也变得更加繁茂、更加幽暗。河水更加清澈透明。溪流开始千回百转，以至在波光粼粼的水面上，视野在任何时候都超不过三分之一英里。小船随时都像被囚禁在一个魔圈之中，四周是难以穿越的叶簇高墙，头顶是绿缎织成的屋顶，而脚下没有地板。小船以惊人的精确性与水面下的一条幽灵船形成对应，那条船底朝天的幽灵船时刻都与那条真实的小船相依相随，仿佛是为了支撑它。河道此时变成了一个峡谷，不过这名称还不甚贴切，我用它仅仅是因为语言中尚无字词能更准确地体现那种最引人注目，而并非最具有特色的景观特征。峡谷的特点只剩下两岸的高耸和平行，其余的特征完全丧失。深谷两边的峭壁（清澈的河水依然静静地穿行其间）高约 100 英尺，偶尔达到 150 英尺，两壁以极大的倾斜度相互靠拢，把目光挡在了幽谷之外，而从头顶上纠缠的灌木丛间密密匝匝垂下一缕缕羽毛状的苔藓，使整个深谷弥漫着一种阴沉忧郁的气氛。蜿蜒的水道变得更加迂回曲折，常常显得是三弯九拐之后又回到了原处，以至那位航行者早已迷失了方向。而且，他被包裹在一种说不出的奇异感觉之中。自然的感觉依然存在，但自然的特征似乎已经过人工修饰，在她的万千造化中有一种惊心动魄的对称，一种荡气回肠的均匀，一种鬼斧神工的精当。没有一根枯枝，没有一片败叶，没有一块零落的卵石，任何地方都看不见一抔裸露的黄土。透明的河水涌动着，轻轻拍打洁净的花岗石岸壁或毫无瑕疵的苔藓，苔藓刀切似的轮廓虽说迷眼但很悦目。

在这水道迷津穿行的几小时，幽暗每时每刻都在加深，但蓦然间一个意想不到的急转，使小船仿佛从天上掉进了一个圆圆的水湾，与峡谷的宽度相比，这水湾显得相当开阔。其直径大约有 200 码，水湾除了一个出口（小船进入水湾就正对这个出口），四周环绕着与峡谷峭壁一般高的小山，尽管小山与峭壁大不相同。山坡从水边向上呈 45 度角倾斜，从山脚到山顶，无一处遗漏，被一层最华丽的花毯覆盖。在这个波动着的色彩与芬芳的海洋中，几乎看不见一片绿叶。水湾很深，但晶莹明澈，那似乎由一层小小的圆雪花石铺成的湾底清晰可见，只要眼睛能允许自己不去看那倒映着的蓝天和满山繁花。山坡上不见一棵树，甚至连灌木也没有。观者得到的印象是华丽、温馨、斑斓、宁静、均匀、柔和、美妙、优雅、妖娆，以及一种登峰造极的栽培奇迹。这种奇迹暗示出了一个超凡脱俗、勤劳实干、情趣风雅、思想高尚、追求完美的新种族的梦。当观者的眼睛从刀切般平整的岸边，顺着姹紫嫣红的山坡向上，一直看到隐现在头顶彩云间的朦胧山巅之时，他很难不想到一幅由红宝石、蓝宝石、蛋白石和金玛瑙镶嵌而成的瀑布全景图，仿佛图上的大瀑布正悄然无声地从天而降。

观者从幽暗的峡谷骤然进入水湾，一轮斜阳使他欣喜又令他惊讶，他本以为早已坠落到地平线之下的太阳此时正迎着他，并构成了穿过小山间的另一个峡谷般的长廊的唯一终点。

但此时那位航行者离开了那条载了他那么远的小船，下到了一只象牙色的独木舟上，小舟里里外外都用鲜红色绘着阿拉伯式图案。尖尖的船艏和船艉在水面上高高翘起，整个小舟就像一弯不规则的新月。它静静地浮在水面，有一种天鹅般的矜持和优雅。黑白相间的舱底放着一支轻巧的椴木单桨，但舱内既不见划手也没有侍者。客人被告知千万别懊丧，命运女神自会给予他关照。那条大一点儿的船渐渐消失，他被独自留在了那只显然在湖心一动不动的独木舟上。当他正考虑该去向何方，忽然觉得那叶仙舟微微一动。小舟自动慢慢旋转，直到船艏朝向那轮斜阳。随后它轻盈地但以逐渐加快的速度漂行，掀起的细浪涌向象牙色的船边，其声犹如一支神曲，这似乎为那位迷惑的航行者找不到来源的一种柔和但忧郁的音乐提供了唯一可能的解释。

小舟平稳地前进，渐渐靠近另一个狭长通道的岩石隘口，通道深处更加清楚可辨。右岸绵延起伏着密林覆盖的群山。不过河岸入水处仍然可见整齐洁净的特征，看不到一般河流那种乱滩碎石的迹象。左岸的景色显得更柔和也更有人工的意味。河岸从水边以一种非常平缓的坡度向上延伸，形成一片宽阔的草地。草地看上去犹如绿色天鹅绒，其青翠碧绿堪与最纯的绿宝石媲美。这片草地的宽度从10码到300码不等，从水边直达一道50英尺高的墙，该墙极不规则地逶迤蜿蜒，大致顺着河流的方向，直到消失在西边。这道墙是一整块石岩，是由笔直地切削南岸原来崎岖不平的峭壁而构成的，不过从来就看不出丝毫人工建造的痕迹。轮廓分明的岩石有一种地老天荒的色泽，而且壁侧和墙顶都爬满了常青藤、红忍冬、野蔷薇和铁线莲。间或拔地而起的大树完全避免了墙顶和墙角线条之单调，这些参天大树或单株独立，或三三两两，不过都紧挨着墙，以至常有树（尤其是黑胡桃树的枝）探过墙头把它们的枝端浸入水中。墙后领地深远处的景象被一道密不透风的枝叶屏障所遮掩。

这些都是当小舟渐渐接近我称为通道隘口时所看

到的景象。当靠得更近时，隘口的形状消失了，一个新的出口出现在左方，朝这个方向依然可见那道墙逶迤蜿蜒，依然大致顺着溪流的流向。朝这个新的出口望去不会看得很远，因为溪流和相随的石墙都继续向左弯曲，直到双双被浓密的树丛吞噬。

但轻舟还是不可思议地滑进了那迂回曲折的溪流，小溪与石墙相对的一岸看上去与笔直通道和墙相对的一岸非常相似。绵延的小山偶尔高高耸起变成大山，山上覆盖着枝繁叶茂的各类植物，群山依然阻断了视线。

轻轻地向前漂行，但速度比刚才稍快，短短的三弯九转之后，泛舟者发现他的去路好像被一道巨门挡住。确切地说那是一道金碧辉煌的门，精心地雕刻有回纹装饰，门扇直接反射着此时正急速下坠的落日之余晖，其灿烂光辉似乎把周围的整片森林投入了火焰。此门嵌在那道高墙之上，高墙在这里仿佛正横跨小溪。不一会儿，就可看出溪流的主体缓缓拐了个大弯仍向左流去，石墙仍照先前那样顺流蜿蜒，而从主流分出的一条水量可观的小溪则泛着细浪从那道门下穿过，从视野中消失。轻舟滑入了较小的那条溪流并漂近大门，沉重的门扇发出悦耳的声音徐徐开启。小舟滑过大门，开始加速向下滑入一片宽阔的圆形平原，平原四周环绕着紫色的高山，山脚下流淌着一条波光粼粼的河流。与此同时，整个阿恩海姆乐园骤然呈现在眼前。那儿飘荡着一种令人心旷神怡的音乐，那儿弥漫着一种令人难以忘怀的奇香，那儿看上去是一个梦一般的多彩世界：又高又细的东方树木，又低又矮的常青灌木丛，一群群金色和火红色的飞鸟，一个个水边长着百合花的湖泊，一片片开着紫罗兰、郁金香、罂粟、晚香玉和风信子的草地，一条条纵横交错的银色小溪。而从这一切之间，一座座半哥特式半撒拉逊式的建筑凌空而起，仿佛奇迹般地飘浮在半天云中。数以百计的眺窗、尖顶和尖塔在鲜红的阳光下熠熠生辉，好像由风精、仙女、天魔、地神共同创造的海市蜃楼。

兰多的小屋

去年夏天，在一次穿越纽约州一两个临河县的徒步旅行途中，当日暮黄昏将近时，我发现自己多少有点儿为正在走的那条路而感到不安。那一带地形的起伏使人觉得意外，在刚过去的一个小时内，我脚下的路始终弯弯曲曲地迂回在一个个山谷之间，以至我再也弄不清楚可爱的 B 村在什么方向，而我本来打算在那儿过夜。严格地说，整整一天太阳几乎都没有照耀大地，可天气一直暖和得令人不舒服。一层像是晚秋小阳春才有的那种薄雾笼罩着一切，这当然增加了我的茫然。不过，我并不特别在意当时的处境，即使我在太阳下山之前，甚至在天黑之前还找不到那个村子，那我也完全有可能很快就发现一座小小的荷兰式农舍，或者诸如此类的小屋，尽管（也许是由于风景秀丽但土地并不肥沃）那一带实际上人烟很稀少。不管怎么说，有我的背囊当枕头，有我的猎犬作警卫，在野外露宿一夜对我而言也不失为一件乐事。所以我非常轻松地信步向前，猎犬庞托挎着我的猎枪。直到后来，正当我开始考虑那许许多多纵横交错的林间通道是否会通往大路时，我被其中一条最有希望的小径引上了一条明确无误的车道。这一点肯定不会弄错。路面上能看出轻便马车轧过的痕迹。虽说高高的灌木和繁茂的树丛在头顶相交，但树蓬下面畅通无阻，甚至能通过一辆弗吉尼亚山区马车。不过，除了能畅通无阻地穿过森林（如果那样一片树丛也称得上是森林的话），除了路面上能看出车轮轧过的痕迹，那车道与我所见过的其他道路再无任何相似之处。我所说的车辙不过是依稀可辨，轻轻地印在坚实、湿润但令人惬意的路面上。那路面看上去简直就像热那亚产的绿色天鹅绒。那显然是青草，但这样的青草除了在英格兰我们很少能看见，那么短、那么密、那么平，而且绿得那么鲜艳。路面上没有任何障碍物，甚至没有一块碎石或一根枯枝。原来绊脚的石块都已被小心翼翼地放（而不是抛）到了车道两旁，像用一半刻意讲究、一半漫不经心地为车道砌起两条优雅别致的道边。一簇簇野花生长在每一个空隙之处，枝繁叶茂，姹紫嫣红。

我当然不知道是什么造就了这一切。这一切之间无疑有艺术存在，而我并不为此感到惊讶。从一般意义上讲，天下的道路都是艺术作品。我也不能说艺术在这儿的过分表现有多么值得惊叹。这周围应该被料理的一切似乎都被料理过了,以如此自然的“神力”（正如他们在论述风景园林的书中所说），以很少的人力和财力。对，并非艺术的价值而是其性质使我在一块野花簇拥的石上坐了下来，怀着迷惑而赞美的心情把那条只有仙境中才会有的道路足足凝望了半个小时。我凝望得越久心里便越确信：肯定有一位画家，一位对形态一丝不苟的画家，监督了眼前这一切的摆布。是他无微不至的细心使这一切都保持在整洁优雅和美丽自然之间，这里的美丽自然是这个意大利词的真正含义。整幅画面很少有笔直而不间断的线条。从任何角度望去，相同的曲线效果或色彩效果一般出现两次，但不会再多。画面的每个部分都有一种和谐中的变化。这是一幅“杰作”，一幅最挑剔的批评家几乎也提不出修改建议的杰作。

我刚才跨上这条大路时拐向了右边，现在我站起身来继续沿此方向赶路。道路是那样的迂曲盘陀，所以我任何时候都只能看到前方两三步之遥的路面。路面特征倒没有什么实质上的变化。

不一会儿我渐闻潺潺水声，又往前走了一阵，当我更急促地转过一个个比刚才更突兀的拐弯时，我忽然意识到一幢某种式样的房子坐落在我正位于其顶的一个山坡脚下。由于下面的小山谷雾气弥漫，谷底的一切都看不清楚。不过当夕阳正慢慢西坠，徐徐吹来了一阵微风，当时我还伫立于坡顶，只见谷间的迷雾化作了一缕缕云圈，缭绕盘旋着飘离了山谷。

谷底的景象慢慢呈现出来，就像我要描述的那么慢。东闪出一棵树影，西亮出一片水波，接着又是一个烟囱的顶部。我差点儿禁不住以为，眼前的一切只是有时在名曰“透视画”的展出中所看见的那种精心构制的幻象。

但待山谷中的雾霭彻底消散，太阳已坠到小山背后，而就在这时，它仿佛轻盈地向南跳了一个滑步，又完完全全地跃入眼帘，从山谷西边的一个裂口放射出一种略呈紫色的光芒。于是骤然之间，令人不可思议，整个山谷和山谷中的一切都变得亮晃晃地一览无余。

当太阳滑进刚才所述的那个位置之时，我第一眼的感觉很像小时候看某些布景壮观的歌剧或通俗剧时最后一幕给我留下的印象。甚至连那种奇异的色彩也不欠缺，因为从裂口射进的落日余晖把一切都染上了橙色和紫色，而山谷中青草的鲜绿色多少也从一道雾帘反射到每一物体之上，那道雾帘当时还飘浮在头顶，仿佛对这样一幅迷人的美景依依不舍。

我就伫立在那雾帘之下山坡之上俯瞰那个小小的溪谷，它全长不会超过400码，其宽度从50码到150码不等，或许最宽处有200码。山谷的北端是最狭窄之处，从那儿越往南越宽，但也不完全规则。南端谷口最宽处也不足80码。围绕山谷起伏的坡岭简直不能被称为山，除非从它们的北面望去。那儿有一道约90英尺高的花岗岩峭壁兀然突起，而正如我刚才所说，山谷北端是最窄之处，其宽度不会超过50英尺。但当游客从这道峭壁继续往南走，他会发现左右两边的坡岭一下子显得不那么高，不那么陡，而且也不那么像岩石。总而言之，一切都向南边倾斜并越来越平缓，然而整个溪谷依然被或高或低的岗峦环抱，只有两个地方除外。其中一处我刚才已谈过。它位于西边很偏北的位置，如我前文所描述，落日正是从那儿通过花岗岩岭上一个刀切斧劈似的天然裂口把它的余晖射进椭圆形谷底的。根据目测，那裂口最宽处大概有10码。它似乎一直往上延伸，像一条天然的堤道伸向人迹罕至的大山和森林的幽深之处。另一个开口在溪谷的正南端。南边的丘岭一般来说只不过是非常平缓的斜坡，自东向西延伸约150码左右。这道斜坡的正中是一块与溪谷谷底水平的凹地。无论是植物还是其他每一个方面，南边的景象都更柔和。而北边，在那道嶙峋的巉岩之顶，从离岩边几步之遥的地方开始，一棵棵高大粗壮的山核桃、黑胡桃和栗子树拔地而起，其间偶尔点缀着橡树，那些树粗壮的横枝，尤其是黑胡桃树的横枝，远远地凌空探出峭壁的边缘。从那儿往南走，游客起初会看到同类树木，但越来越没有那么挺拔，越来越没有萨尔瓦多情调[1]。接着他会看到更温和的榆树，然后便是黄樟和刺槐，接下来是更柔和的菩提、紫荆、梓树和枫树，最后是更优雅、更文静的各种各样的树木。南边斜坡的整个表面只被野生灌木所覆盖，偶尔有几棵例外的银柳和白杨。而在溪谷之中（因为必须明白，刚才所说的那些树只是生长在岩顶和山坡），只见3棵孤零零的树生长在谷底。一棵是树干纤细，树形优美的榆树，它守护着山谷的南大门。另一棵是比那榆树大得多也美得多的山核桃树，尽管两棵树都异常美丽，但山核桃树的任务似乎是守住西北方那道偏门，因而它刚好从那个裂口当中的乱石堆里傲然耸出，并差不多以45度角把它优美的身躯远远伸进夕阳辉映的山谷。这棵树偏东30码处，则屹立着那棵堪称山谷的骄傲，而且无疑是我所见过的最壮观的树，也许只有佐治亚

1　那不勒斯画家及诗人萨尔瓦多·罗萨（Salvator Rosa，1615—1673）风格中之自然秀丽且富有戏剧效果和浪漫气氛的情调。

州弗林特河上游的大丝柏能与之媲美。那是一棵三丫郁金香木，亦称木兰鹅掌楸，是木兰科的一个天然树种。它的三丫主枝在离地面大约 3 英尺处从母体分叉，然后向上逐渐微微分开，在最大的那根枝干隐入叶簇的地方，它们之间相隔也不足 4 英尺，那是在 80 英尺高的地方。树的主体部分高达 120 英尺。没有什么树叶能比郁金香木的叶片更美丽、更繁茂、更青翠。以眼前这棵树为例，那些叶片足足有 8 英寸宽，但与绚丽烂漫的满树繁花相比，碧绿的叶片也黯然失色。请设想千百万朵又大又美的郁金香簇拥成一团的情景！只有这样读者方能感觉到我想描绘的那幅图画。然后是那几根树干，它们表面光洁，有颗粒状斑点，看上去就像雄伟而典雅的圆柱，最粗一根在离地面 20 英尺处直径也达 4 英尺。另外那两棵树虽不及这棵郁金香木威风，但仍不失其优美典雅，它们的花和这棵郁金香木的花交相辉映，并使整个山谷充溢着阵阵异香。

椭圆形的谷底大部分铺着我在路上所发现的那种青草，如果说有什么区别，那就是更柔和、更茂密、更青翠，更像一层绿油油的天鹅绒地毯。简直难以想象这一切如何能达到这般的美。

我已经说到过进入山谷的两个开口。从西北方的那一个流出一条小溪，它浅浅淙淙泛着细浪，顺那道裂缝从远方流来，一头撞上那颗山核桃树独立于上的乱石堆。它在这儿绕树转了一个圈，然后继续往东北方向流淌，经过离它南岸约20英尺的郁金香木，未变方向一直流到山谷东西两个边界之间的正中位置。它在此迂回了一阵，接着转了一个90度的急弯，顺着大致朝南的方向迤逦而行，直到流进一个形状不规则的小湖（大致呈椭圆形）。那波光粼粼的小湖靠近山谷中更低矮的南端。小湖最宽处直径也许有100码。水晶也不会比清澈的湖水更透明。清晰可见的湖底全由雪白晶亮的小鹅卵石铺就。湖畔覆盖着已经描述过的那种青草，湖岸不是倾斜地伸入水中，而是融进了水下的一片蓝天。这片蓝天是如此明净可鉴，时时映出水面上的一切，以至于很难分清真正的湖岸在哪儿结束，倒映出的湖岸从哪开始。水中似乎都快要鱼满为患，鳟鱼和其他各种鱼看上去好像都成了真正的飞鱼。几乎让人相信它们都是悬浮在空中。一叶桦木轻舟静静地横卧在水面，水面犹如最精巧的明镜，惟妙惟肖地映出它每一道精细的木纹。离北岸不远的湖面上有一座花团锦簇、欣欣向荣的小岛，小岛刚好为一幢别致的小建筑提供了足够的空间，那小小的建筑像是飞禽的栖息之地。小岛由一座看上去轻巧，但非常原始的小桥与湖岸相连。小桥由单独一块又宽又厚的鹅掌楸木板构成。这块木板有40英尺长，以一个微微拱起的但一眼就能看出的弓形跨越两岸，弓形避免了桥身摇晃。从小湖的南端继续流出那条小溪，小溪在山谷中又弯弯曲曲地流淌了30码左右，最后终于穿过（已经描述过的）南坡中央地带的那块“凹地”，跌下一道100英尺高的陡峭悬崖，然后沿着它迂回曲折的道路，悄然流向哈得孙河。

小湖很深，有些地方达到30英尺。但小溪的深度很少超过3英尺，而它最宽之处也只有8英尺左右。溪岸溪底的模样与湖岸湖底相同，如果说它们有什么美中不足的话，那就是显得过分整洁。

为了打破单调，谷底宽阔的绿色草坪上随处点缀着美丽的灌木丛，诸如不同种类的绣球花，或是香气四溢的山桃花，或许点缀得更多的还是一簇簇灿然怒放、色彩缤纷的天竺葵。后者均被栽培在花盆中，但花盆都小心翼翼地埋在土里，所以看上去那些植物就像天然长成。除了这些花木之外，那天鹅绒般的草地上还优雅地点缀着羊群。一大群羊在山谷中漫游，与之相伴的有3头温驯的鹿和一大群羽毛斑斓的鸭子，一只硕大的猛犬仿佛在守护着这些动物。

顺着东西两边的峭壁（山谷周围坡岭的上部多少都显得有点儿陡峭），茂密地爬满了常春藤，所以只是偶尔能看见一点儿裸露的岩石。北边的巉岩同样也被郁郁葱葱的葡萄藤覆盖，一些葡萄藤从巉岩脚下的土中长出，而另一些则生于突出的岩壁表面。

在构成这块小小领地南部疆界的那溜低坡顶上，有一道整齐平滑的石壁，其高度足以防止那几头鹿逃出山谷。任何地方都看不见栅栏或篱笆，因为哪儿也不需要这种人工屏障。譬如说任何一头离群的羊要顺着溪流走出山谷，那它走不了几码就会发现在那道突出的岩石边缘就没有了去路，我最初一走近山谷便引起我注意的那道瀑布就越过这岩顶飞流直下。总之，山谷唯一的进出口就是扼住与车道相通的那个岩石隘口的一道大门，此门位于我伫立观望之处下方几步远的地方。

我已经描述过那条小溪一直极不规则地弯弯曲曲。正如我所说，它的两个大方向先是自西向东，然后是由南往北。溪流就这样三弯九转地几乎绕了圈，在谷底形成了一个非常近似于岛屿的、面积约为 16 英亩的半岛。在这个半岛上坐落着一幢房子，如果我说这幢房子就像瓦提克[1]所看见的那个地狱露台一样具有一种前所未有的建筑风格，那我只是想说房子的和谐匀称

1　英国作家贝克福德（William Beckford，1760—1844），著名哥特式小说《瓦提克》（*Vathek*，1786）中的主人公。

给我留下了一种最强烈的印象，一种新颖而得体的印象，总之就是诗的印象。因为除了刚才所用的这些字眼，我简直没法更精确地为抽象的诗的印象下定义，总之我无论如何都不想说所能感觉到的仅仅是新奇。

事实上，再也找不出比这更天然质朴、毫无矫饰的小屋了。它神奇的效果完全在于它如诗如画的艺术布局。当我凝视这幢小屋时，我禁不住想象它是由某位风景画大师用彩笔绘成的。

虽说我起初俯瞰山谷那个角度几乎也是观看这幢小屋的最佳位置，但还不是绝对的。所以我将根据我后来的观察对其进行描绘，从山谷南端那道石壁上的一个位置。

小屋的主体部分约有 24 英尺长、16 英尺宽，肯定不会再多。它从地面到屋脊的高度不可能超出 18 英尺。这个主体建筑的西端附有一间其大小为它三分之一的偏房。偏房的正面比主体建筑的正面往后缩进了大约两码，其屋顶当然也比相邻的屋顶矮了一大截。垂直于这一正一偏两房，从主房的后面，完全位于当中，延伸出小屋的第三个部分。这部分很小，大体上比西端偏房小三分之一。两个较大的屋顶都十分倾斜，以一种长长的凹面曲线从屋顶陡然直下，最后伸出正面墙外 4 英尺之遥，结果成了两条外廊的遮顶。伸出的屋顶当然用不着支撑，但由于它们看上去似乎需要，所以只在拐角处竖有毫无装饰的细柱。北屋的屋顶实际上只是主体部分屋顶的延伸。在主体部分和西屋之间，竖着一个用荷兰式硬砖砌成的很高很细的方形烟囱，砖的颜色是红黑相间，烟囱顶部有一道由突出的砖构成的细檐。山墙上面屋顶也伸出许多，主体部分伸出约有 4 英尺，西面伸出两英尺。大门不是恰好开在主体部分的正中，而是稍稍偏东一点儿，同时两扇窗户都靠西边。窗户并非落地窗，但远远比一般窗户更长更窄。它们和门一样有单扇遮板，窗格是菱形，可格子相当大。门的上半部分镶着玻璃，镶框也是菱形格子，一块活动遮板可在夜间挡住外面的视线。西偏房的门开在山墙上，而且相当朴实无华，唯一的一扇窗户朝向南边。北屋没有向外开的门，它也只有一扇窗户，是朝着东方。

东面山墙之单调被一段以对角线斜过墙面的楼梯（带有栏杆）所打破，楼梯从南端墙脚开始向上延伸。在宽宽的屋檐遮盖下，这段楼梯通向阁楼，更正确地说是屋顶室，因为那屋子的采光全凭向北开的唯一的窗户，看上去它一直被打算用作贮藏室。

主楼和西屋的外廊像通常一样没有铺地板，但门外和窗下的草地上都嵌着又大又平、形状不一的花岗石板，提供了在任何天气下都不会脏鞋湿袜的立足之处。屋前有同样用花岗石板铺成的小径，并非一块接一块的镶拼，而是常在石板之间留有天鹅绒般的草皮。这些优雅的小径通往各处，通向5步开外的一股清泉，通向联结山谷外的那条车道，或是跨过小溪，通向坐落在北边的一两间附属棚屋，棚屋则被几棵刺槐和梓树完全遮掩。

在小屋大门外不到6步远的地方，立着一棵早已枯死的奇形怪状的梨树。枯树从顶到根都缠满了红艳艳的紫葳花，若不细看很难断定它到底是棵什么树。这棵树不同的枯枝上挂着各式各样的鸟笼。在一个用柳条编成、顶部有环的圆形大鸟笼中，一只反舌鸟正欢蹦乱跳，另一个笼里是一只黄莺，从另外三四个美丽的囚笼中则飘出金丝雀美妙的歌声。

外廊的细柱上缠绕着茉莉花和忍冬藤，而从正房与西屋连接处正面的那个角落，则长出一根异常葱郁的葡萄藤。它无视一切阻拦，先是攀缘上西屋较矮的房顶，接着又登上更高的正房屋脊，然后顺着脊檩，向左右两旁吐着卷须，一路扭曲着爬过房顶直达东山墙，然后耷拉下来，沿着那段楼梯延伸。

整幢小屋，包括其偏房，均用老式的荷兰盖房板建成。这种盖房板很宽，四角不呈圆形。这种建筑材料的奇特之处便是让房子的底部看上去比顶部更宽，就像埃及的房屋一样。而就眼前这幢小屋而言，无数盆几乎环绕过墙根的鲜花更是加强了那种别致的效果。

盖房板均被漆成灰色，暗淡的灰色融入那棵遮掩着小屋的郁金香木的绿荫之中。这种浓淡相宜的效果很容易被画家想到。

从我描述过的那道石壁附近的位置，那幢小屋可谓尽收眼底，因为小屋是东南角突出，所以一眼就能看到它的两个正面和东面别致的山墙，同时还可以看到主楼后伸出的北屋，看到遮盖贮藏室的那片屋顶，另外还能隐隐约约地看到小屋附近横跨小溪的一座便桥。

虽说我已把脚下的景色看了个够，可我在坡顶上伫立的时间并不算太长。我显然是早已迷失了通往我要去的那个村子的路，而作为一名行路人，我无论如何都有充分的理由去敲开眼前的那扇门，向小屋的主人打探道路，于是我立刻朝小屋走去。

脚下的路过了谷口那道门后似乎就横在一道天然壁架之上，壁架从东北边的峭壁沿着表面逐渐向下倾斜。我一直走到北边那道巉岩脚下，从那儿过了便桥，从小屋的东山墙绕到正面。在这一过程中，我注意到丝毫看不出周围建有附属棚屋的痕迹。

当我拐过墙角之时，那只猛犬向我扑来，它不吠不咬，只是露出猛虎般的眼光和神态。但我马上伸出手去向它表示友好，我从不知道有哪条狗会对我这样一种礼节无动于衷。它不仅闭嘴摇尾，而且还向我伸出了它的前爪，随后它又向庞托大献殷勤。

由于没发现有门铃，我只好用我的手杖轻轻敲击虚掩着的门扉。一个身影应声朝门口走来，那是位二十七八岁的年轻女人。她身材中等偏高，身段苗条，更准确地说是纤细。当她迈着一种完全无法形容的端庄步态走近之时，我心中暗暗地说："与那种矫揉造作的优雅相比，我肯定已在这儿发现了优雅的自然完美。"她留给我的第二个也是更鲜明的一个印象，便是她那种能激发人热情的神态。也许我能将其称为一种浪漫的神情，这种神情是那么强烈，以至当其从她那双深陷的眼睛里闪出之时，我觉得从不曾有过什么神情能如此深深地渗入我的灵魂。我不知为何如此，但那种闪烁在她那双明眸之中、偶尔也显露在她的嘴唇之上的神情，恰好具有一种能使我注意力集中于女人的力量，即使不说这种力量是绝对唯一的魅力。"浪漫情调"，假若我的读者能充分理解我在此使用这个字眼的真实含义，在我看来，"浪漫情调"和"女人气质"是一对同义词。毕竟，在男人眼里，女人真正的可爱之处仅仅是她的女人味。安妮的眼睛（当时我听见有人在里屋叫她“安妮，亲爱的”）是“超凡脱俗的灰色”，她的头发是淡淡的栗色，这些便是我来得及对她进行的全部观察。

在她彬彬有礼的邀请下，我进了小屋，首先经过的是相当宽敞的门厅。由于进屋的主要目的是参观，所以我一进屋就注意到右边有一扇窗户，其式样和房子正面的窗户相同。左边有一门通往正厅，而迎面一扇开着的门则使我能看见一个小房间，面积与门厅差不多，摆设像一间书房，有一扇宽大的凸窗朝向北面。

进入客厅之后我见到了兰多先生——因为我随后就得知他姓兰多。兰多先生温文尔雅，诚恳热情。可我当时更感兴趣的是那幢令我如此着迷的住房，而不是主人的举止风采。

现在我看见北屋原来是一间卧室，它的门开向客厅。这扇门的西边有一扇窗户，向外眺望着那条小溪。客厅的西端有一个壁炉，并有一门通向西屋，西屋大概是厨房。

客厅的布置真是再简单不过。地板上是一块双面提花地毯（质地精良），白底上点缀着小圆形绿色图案。窗帘是雪白的薄棉布，幅面相当宽大，褶皱鲜明平整，全都非常干脆，也许还非常正式地垂至地板。墙上贴的是极其精美的法国墙纸，银白色的衬底上饰有一条条淡绿色的Z字形凸线。偌大的墙面只挂有3幅法国画家朱利安[1]用3种石墨笔所作的精致的石板画，画没加画框，直接挂在墙上。其中一幅画的是东方艳景，更准确地说就是春宫图；另一幅画的是一幕“狂欢节小景”，其盎然生气无可比拟；第三幅画的是一位希腊美女的头像，我以前从不曾见过一张美得超凡绝世，但表情又那么不可捉摸的女人的脸庞。

更实用的布置有一张圆桌、几把椅子，其中包括一把很大的摇椅，另外还有一张沙发，准确地说是“长靠椅”。椅架是用漆成乳白底色、加绿色细纹的普通枫木造就，椅座则用细藤编成。椅子和圆桌十分匹配，但所有的造型显然均出自构想出了屋外“庭园”的那位设计师的大脑，无法想象还有什么能比这一切更优美的了。

桌上有几本书，有一只装有某种新奇香料的方形大水晶瓶，有一盏质朴的毛玻璃星灯（不是太阳灯），灯上有一个意大利灯罩，此外就是一大瓶灿然怒放的鲜花。其实正是姹紫嫣红、芬芳馥郁的鲜花构成了那个房间唯一真正的装饰。一瓶光彩夺目的天竺葵几乎

1 此处指贝尔纳－罗曼·朱丽安（Bernard–Romain Julien，1802—1871）。

遮掩了壁炉。房间每个角落的三角形花架上也放着同一式样的花瓶，唯一不同的是瓶里那些可爱的花。一两个小一点儿的花瓶装饰着壁炉架，而开着的窗户周围则簇拥着刚刚绽放的紫罗兰。

此篇之目的只是详细描绘兰多先生的那幢小屋——根据我亲眼所见。至于他如何造就那小屋，为什么那样布置，以及兰多先生本人的一些情况，说不定可以构成另一篇文章的主题。